《クラフトマン》
工芸職人はセカンドライフを謳歌する 2

Ryuuichi Suzuki
著 鈴木竜一
ill. ゆーにっと

ルディ
ウィルムの相棒。巨大化して
人を乗せることも可能。
何かと頼れるすごいやつ。
ウィルム
本作の主人公。
ブラックな商会を
クビになったのを機に、
何でも作れるクラフトスキルで、
セカンドライフを謳歌
しようと決めた。
MAIN CHARACTER
主な登場人物

ナレイク
人魚族のメイドさん。
魅惑のセクシーな
お姉さん。
エリノア
謎の人魚の美少女。
大きな悩みを
抱えている。
ウィルムの仲間たち
ミミュー
ソニル
レメット
アキノ
リディア

第一章　これからのこと

工芸職人《クラフトマン》兼商人として長らく勤《つと》めてきたバーネット商会を辞め、かねてから親交のあったメルキス王国に移住してから、俺の人生は自分でも驚くような好転ぶりを見せた。

過労死しかけた時に、日本でサラリーマンをしていた前世の記憶が戻り、日本でも似たような状況に追い込まれていたことを思い出した、というのも商会を辞める良いきっかけとなった……まあ、実際は、自分から辞めるよりも先に、これまでの手柄《てがら》を商会代表の息子に横取りされた挙句《あげく》にクビを宣告されるという最低最悪な流れだったんだけどね。

そこで吹っ切れた俺は、移住先のベルガン村の外れにある山小屋で、クラフトスキルを駆使しながら、ひとりのんびりセカンドライフを満喫する。

その予定だった――が、まさか常連客たちが押し寄せて、村づくりをすることになるとはなぁ。

苦労は増えたけど、その分、賑《にぎ》やかで楽しい日々になったのでよしとするか。

◇　◇　◇

魔女の騒動が起きたタスト村での一件が無事に解決し、新たに魔女の娘であるミミューが加わってから、俺たちの村の賑やかさは増していた。

「よし！　これで大丈夫かな」

俺たちの屋敷を壊したという犯人は、アキノ、リディアによってすでに取り押さえられていて、メルキス王国騎士団に引き渡されたらしい。レメットに頼まれ、俺はそいつらの手によって破壊された建物をクラフトスキルで修繕していたが、ようやく元通りに直った。

最近あの手の輩《やから》が増えていると、男たちの身柄を引き取りに来た際、騎士たちが愚痴《ぐち》を漏《も》らしていたな。マージェリーさんの一件といい、どうにも物騒な話が続いて困るよ。

この日は特に予定もないので、修繕が終わり次第、工房にこもって新しいアイテム作りに励《はげ》もうと考えていた。

早速《さっそく》移動しようとしたら、そこにメイドのアニエスさんがやってくる。

「ウィルム様、お客様がお見えになっています」

「お客？」

「ベルガン村のアトキンス村長です」

「アトキンスさんが？」

珍しいなぁと思いつつ、俺は作業を一旦《いったん》止め、見た目もふもふのフクロウだけど実際は魔鳥《まちょう》族のルディを肩に乗せて屋敷の外に出た。


「よぉ、おはようさん」

「おはようございます」

「ルディも元気そうだな」

「キーッ！」

相変わらず陽気なアトキンス村長はルディの頭を撫《な》でながら挨拶《あいさつ》を終えると、もう片方の手に持っていた紙を差しだした。

「それは？」

「今朝の新聞だよ。すでに知っている内容ばかりかもしれないが、一応伝えておこうと思ってな」

「わざわざありがとうございます」

早速その新聞を読んでみると内容は、ガウリー大臣が中心となって推し進めている条約改正は無事に実現できそうだ、というものだった。

「これで他の国との貿易がやりやすくなりますね」

「ウィルムたちが過激な反対派を黙らせてくれたおかげだ。……しかし、そうなるとこの村からも近い港町ハバートはこれまで以上に賑やかになりそうだな」

アトキンス村長が語るように、貿易制限が緩和されたことにより、他国との貿易は今後盛んになるだろう。

ガウリー大臣は、国内の産業が衰退しないよう活性化にも尽力する、と公言しているため、関連する業界から反対の声はほとんど上がらなかった。反対派の主流として騒いでいた国内の商会勢がここへ来て沈静化したことで、条約の改正は一気に加速したってわけか。

……となると、いろいろな妨害工作を仕掛けていたのはやっぱり商会の関係者だった可能性が高いな。

俺たちは何度かヤツらの一味を捕らえているが、それはあくまでも実行犯。陰で彼らを操っていた黒幕は、今もどこかに潜《ひそ》んでいるはずだ。

「ハバートが盛り上がってくるとなると、この村の重要性がさらに増すな」

「ですね」

アトキンス村長の言う通りだ。

ベルガン村に新たに生まれたこの村の場所は、ハバートから王都まで一直線に線で引いた場合その中間に当たる。今まで王都からハバートに行く際は大きく迂回《うかい》するルートを通っていたのだが、この村を経由すれば丸一日分の短縮につながるのである。

実際、ガウリー大臣から直接ＧＯサインが出ているため、村の整備作業を進めているのだが……

「貿易が緩和されるのはいつ頃になりそうですか？」

「うーん……記事にはそこまで書かれていないな。気になるなら、直接大臣に聞きに行ってみたらどうだい？　君ならすぐに会談の席を設けてもらえるだろうし」

「そうしたいのは山々ですが、お忙しい身ですからねぇ」

ようやく条例改正は形になりかけている――だからこそ、今がもっとも忙しい時期であると考えた。なので、大臣の負担になるようなことは極力避けたい。

そうなると頼れるのは――

「ジュリスに話を聞いてきます」

大臣補佐のジュリス。彼女なら、きっと最新の情報を教えてくれるはずだ。まあ、改めてこの前の事件の報告をしようと思っていたし、ちょうどいい。

とりあえず、今日のところは村の進捗状況を確認し、王都へ向かうのは明日にしよう。

アトキンス村長を見送ったあと、俺はハバートとのルート開拓に汗を流すレメットたちのもとへと向かった。

「やあ、みんな」

「ウィルムさん！」

俺が声をかけると、真っ先にレメットが駆け寄ってくる。

すでに相当動いたあとらしく、服のあちこちに土が付いているし、汗だくだった。お嬢様らしくないと言ってしまえばそうなんだけど、逆にそんな状態になるまで頑張っていたんだなぁと感心してしまう。

「？　どうかしましたか？」

「い、いや、なんでもないよ。それより、調子はどうだい？」

「順調に進んでいますよ。この調子であれば、それほど時間がかからずルートは切り拓けそうですよ」

レメットの言う通り、以前よりだいぶ道らしくなってきたな。この調子だとあと一ヶ月くらいで完成しそうだ。

進捗状況に満足しつつ、俺はみんなを集めてこの場を訪れた理由を説明した。

「それはよかった。実は、明日にもその件も含め、条約改正がどれほど進んだか確認するために王都へ行くつもりなんだ」

「けど、ガウリー大臣はお忙しい身では？」

「だから、大臣補佐のジュリスに話を──」

「私も行きます！」

俺とジュリスの仲を疑っているのか、食い気味に宣言するレメット。

まあ、最初から今回はレメットにも同行してもらおうと思っていたからいいんだけど。

「あたしも行きたい！」

「わ、私もいいですかぁ？」

元気いっぱいなソニルと控《ひか》えめなリディア。

それぞれの個性を惜しみなく前面に押し出しながら手を挙げる。

「もちろん。君たちにもついてきてもらうつもりでいるよ」

今回は国内の移動だけだし、危険なものではない。

とはいえ、念のための警護は必要だ。

そこで、リディア、ソニルにアキノを加えた三人にもついてきてもらおうと──って、結局いつも通りのメンバーに落ち着きそうだな。

ともかく、今日はやれるだけ作業を進めて、明日に備えよう。

そんな話をしているうちに夕暮れとなったので、一緒に村へと帰還。

すると、同じタイミングでアキノや職人たちも戻ってきた。

「ウィルム殿、それにみんなもお疲れ様です」

「お疲れ様、アキノ」

薙刀《なぎなた》使いであるアキノには村の規模拡大のため森の木々の伐採《ばっさい》を依頼しているのだが、今日は村の食糧事情を助ける畑づくりに精を出していた。

ちなみに、彼らが手にしている農具はすべて俺のクラフトスキルによって作りだした物である。使いやすいと非常に好評なので、今後も少しずつ数を増やしていこうと考えている。

「調子はどうだ？」

「問題ありません。畝《うね》はできたので、明日はベルガン村へ足を運び、種を調達してこようという話をしています」

「随分と進展じゃないか」

草木が鬱蒼《うっそう》と生い茂る森の中に畑ができるとは……これもすべてはみんなのおかげだな。俺ひとりでは到底たどり着けなかった領域だ。

しかし、農場が実現すれば可能性は大きく広がるな。

今はまだ名もなきこの村も、条約改正によって諸外国との貿易が活発になれば王都との最短ルートにあるということで、訪れる人の数もグッと増えるだろう。そうなる前に、宿屋とかアイテム屋とか食堂とか、諸々の整備を進めていかないとな。

「みなさん、夕食の用意ができましたよ」

集まって話をしていたら、アニエスさんが俺たちを呼びに来た。

とりあえず、アキノにはご飯を食べながら明日の予定を話しておこう。

◇　◇　◇

次の日。

「いい朝だなぁ」

「キーッ！」

「ははは、ルディもそう思うか」

朝食を終えて身支度を整えると、俺はルディとともに屋敷を出て朝日を体中に浴びるよう背伸びをする。

今日は予定通りのメンバーで王都を目指す。

ベルガン村に野菜の種をもらいに行くと言っていたアキノだが、それは他の職人さんにお任せしてこちらに同行してもらおう。

目的はガウリー大臣への報告なのだが……条約改正を邪魔する勢力が急激に弱まり、本格的に実施へと動きだした今が、彼にとって一番忙しい時期になる。そこで、今回は大臣の補佐であり、前職からの付き合いがあるジュリスを訪ねる、というわけである。

ちなみに、他のメンバーはまだ準備の真っ最中。

男の俺はチャチャッと準備できてしまうが、女性はそうもいかないだろう。ここから王都は結構距離もあるし、何かあった時のための備えは欠かせない。

「お待たせしました」

待ち続けておよそ三十分。

レメットを先頭にして女性陣が屋敷から出てきた。

「では、張りきってまいりましょう！」

「元気だなぁ、レメットは」

今回、一番張りきっていたのはレメットだった。

この前の、魔女の村での悪党討伐の際には村で留守番をしていたから、その分、動き回りたいと気合が入っているのだろう。

悪党討伐といえば、それをきっかけに新しく加わったミミューはレメットにとても懐《なつ》いていた。

年齢的にはソニルと同じでうちでは最年少になる――が、母親のマージェリーさんが仕込んだ魔法の実力は相当なもので、とても頼もしい。何より、俺にとっては魔法の師匠《ししょう》でもあるのだ。

どうやらレメットもこの魔法という点に関心が湧いたらしい。

言われてみれば、アキノやリディアやソニルはバリバリの肉体派。前二名は若いながらも武器使いの達人であり、ソニルは獣人族らしく人間を遥《はる》かに超越《ちょうえつ》した身体能力を持っている。三人揃って魔法とは無縁だったのだ。

一応、レメットは魔法の心得《こころえ》があるようで、おもに回復魔法で俺たちをサポートしてくれている。だから、さまざまな属性の魔法を操り、魔女の片鱗《へんりん》を見せつつあるミミューに対して興味があるのだろう。

「さあ、馬車はこちらです」

アキノの案内で、俺たちは馬車へと乗り込んだ。

ルディに大きくなってもらって移動するのも手だが、あれはルディ自身の魔力を消耗《しょうもう》してしまうデメリットがあると発覚し、よほどの事態にならない限り控えるようにしようと決めたのだ。

「お、王都って凄く大きな町なんですよね？」

「そうですよ。きっと、今までに見たことがないくらい大きな町です」

「わあ……」

移動中、馬車の中でレメットから王都の話を聞いたミミューは、初めて訪れるその場所に想いを馳《は》せていた。彼女の住んでいたタスト村は暮らしやすくてとてもいい村だったが、町としての規模を比べるとかなりの違いがある。ワクワクしてしまうのは仕方がないのかもな。


ベルガン村を通って平原を進み、やがて見えてきたのはメルキス王都。

「ふおぉ～！」

これまで見たことがないほど大きな町並みを前に、ミミューは大興奮。

夜空に瞬《またた》く星のようにふたつの瞳を輝かせている。

そういえば、祖父とともに人里離れた工房で暮らしていたリディアや、離島の翡翠《ひすい》島で生まれ育ったソニルも、初めて王都に来た時はテンションが上がっていたな。

今はミミューの反応を見て「可愛いなぁ」って表情を浮かべている……完全に王都マウントを取っているな。

王都へ到着すると、馬車を預けて城を目指す。

久しぶりに訪れた王都だが、そこで俺はある異変に気づく。

「なんか……ちょっと雰囲気が変わった？」

心なしか、いつもよりも人が多くなっている気がする。すでにお昼近くのため、もう朝市という時間ではないが、人足は途絶《とだ》えるよりも増えている感じだ。

「前より賑やかになっていますね」

「ホントだね！」

「ひ、人混みが……」

「おっと」

レメットとソニルも、王都の雰囲気の違いに驚いているようだ――が、リディアは若干人に酔っているっぽい。目を回して倒れそうになったところをアキノに抱きかかえられている。

ともかく、これだけ人が増えるというのは国として喜ばしいことなのだろうが……少し危うさもある。

貿易に関する条約改正を妨害しようとしていた輩を操っていた黒幕は、未だにその正体を掴めていない。だが、もし俺の推測通り商会関連だったとすると、あの程度であっさり引き下がるとも思えない。

ジュリスの話によれば、メルキス王国の一部商会と前大臣はズブズブの関係だったらしいからなぁ。あちらこちらで忖度《そんたく》の嵐だったらしく、お世辞にも健全な経済状況であったとは言えないらしい。

だからこそ、ガウリー大臣は就任してからずっと経済のクリーン化を押し進めてきたという。あの人は性格からして、そういう曲がったことが大嫌いだから打ってつけの人材と言えるな。

しかし、これだけ人が増えると、防衛面が杜撰《ずさん》になってしまわないか心配になるな。

まあ、あのガウリー大臣のことだから、それを想定して兵士の数を増やしたりする策も用意しているとは思うが、この賑わいを見る限り、大臣の想定以上の人が集まっているんじゃないかなと不安になる。それくらいの賑わいだったのだ。

空気が変わり始めた王都の中央通りを抜けて、俺たちはメルキス城へとたどり着く。

城門では厳《いか》つい兵士ふたりが門番をしていて俺たちの行く手を遮《さえぎ》るものの、すぐにこちらが何者であるか把握して通してくれた。

魔女を従えていた悪党連中を蹴散らしたメンバーという事実に加えて、こちらには貴族のレメットもいる。ほとんど顔パスに近かった。

さらに、兵士のひとりが事情を聞いて俺たちをジュリスのいる場所まで案内してくれるという。至れり尽くせりで申し訳なくなってきたな。

――申し訳ないとは言いながらも、城内を闇雲《やみくも》に捜し回っても時間の無駄なので、すぐに兵士へ案内をお願いした。

たどり着いた先はジュリスの執務室。

大臣補佐として働く彼女は言ってみれば出世候補であり、専用の執務室まで作ってもらったらしい。

ノックをして声をかけてから室内へと足を踏み入れた。すると、ジュリスは書類整理中だったらしい。メガネをかけた彼女が立ち上がってこちらへと近づく。

「お久しぶりね、ウィルム。それにルディも」

「元気そうで何よりだよ、ジュリス」

「キーッ！」

まずは挨拶と言わんばかりに握手を交わす。ルディに対しては握手ではなく優しく頭を撫でていた。アトキンス村長も同じようにしていたけど、よっぽど撫でやすいのかな。

とりあえず、ひと通り再会の挨拶は終わったのだが、会わなくなってから前ほど期間が空いていなかったので今回は割とサラッとしていた。

そんなジュリスだが、言葉に出さないだけでめちゃくちゃ忙しそうだった。執務机に山積みされた書類の数々がそれを雄弁に物語っている。大臣補佐として、彼女もまた忙しい日々を送っているのだろうから、報告もなるべく早く済ませるとするか。

ちなみに、現在俺とジュリスは応接室でふたりきり。

他のメンバーは報告が終わるまで城内を散策している。

これは「もっとお城を見てみたいです！」というミミューの希望を叶《かな》えるための配慮《はいりょ》であった。

報告自体は大したものではないので、俺ひとりでも十分だと言ってみんなに案内役を任せたのだが……俺とジュリスがふたりになることに警戒を示す者もいた。レメットとか。

なんとか説得してみんなと一緒に行動してもらうことになったが……まあ、何も起こりはしないんだけどねぇ。

「今回、タスト村を襲ったり、古城に潜んでいた者たちは共通の依頼主から金をもらって仕事をしていた可能性が極めて高い」

「やはりそうなのね……騎士団からの報告でも、同じような話が出ていたわ」

「そんなことをやりかねない存在として心当たりがあるとすれば……今回の条約改正でもっとも被害をこうむることになる商会関係者かな」

「妥当《だとう》な線ね」

ジュリスもその方向で考えていたらしく、すでに騎士団から人材を派遣してもらっていろいろと調べ始めているらしい。

「こちらもそれを睨《にら》んで、諸々調査を進めているけど……現在までの調査経過を見る限り、成果は期待薄かしらね」

「随分と弱気なんだな」

「それだけ、彼らの誤魔化《ごまか》しのテクニックがうまいのよ」

ふたりきりという状況からか、いつの間にやら当たり前のようにタメ口で話している。今さらそれを気にするほどの間柄ではないのだが……なんだろう。未だにちょっと緊張するんだよなぁ。

「さて、こちらからの報告はこれで終わりだが、他に気になった点はないか？」

「いいえ。……詳細な情報は、これからの調査次第というわけね」

ジュリスの言う通り、ここまで集めた情報だけでは、どのような考えに至っても憶測の域を出ない。もっと、決定的な情報がなければ、真犯人にはたどり着けないだろう。

「こちらは継続して調査を進めていくつもりよ」

「分かった。それは本職の方々にお任せするとしようかな」

「あなたはこれからどうするの？」

「こっちは村づくりに専念するさ。――って、そうだ。肝心《かんじん》なことを聞きそびれるところだったよ」

「肝心なこと？」

俺はジュリスへ、条約が実際に効力を持ち、貿易が活性化すると見込んでいる時期について尋ねる。

「外国の貿易船がハバートに寄港して商品の取り扱いが解禁される時期はいつ頃になりそうなんだ？」

「うーん……これぱっかりはなんともねぇ……」

彼女にしては珍しく歯切れの悪い口調だった。

「ハッキリしないということは……何か問題点でもあるのかい？」

「悪い意味ではないのよ。何せ他国との貿易が自由化されるのって数十年ぶりだから諸々整備が必要だし、相手国との商談もあるから……早くても半年はかかるんじゃないかしら。それでも希望的観測だから、実際は一年近くかかるかも」

「む？　……言われてみれば、それくらい必要かもしれないな」

改正された条約の中身を見る限り、癒着《ゆちゃく》まみれの組織の体質を改善しようとする抜本的な見直しって感じがする。ゆえに、それくらいの長い時間を要するのは必然だろう。

だが、逆に村を整備できる時間が確保できたのはありがたかった。

こちらとしては誘致《ゆうち》する宿屋やアイテム屋の選定など、村長に任命されたからには他にもやるべきことはたくさんある。遅くとも半年後には村としてある程度の機能を果たせるようになっていれば問題ない――おかげで、段取りがスムーズにできるよ。

「いろいろとありがとう、ジュリス。おかげで作業が捗《はかど》るよ」

「こちらこそ。あっ、それから、村の名前が決まったらすぐに教えてね。貿易相手国に王都までの道のりを示した地図を配布する予定なんだけど、そこに中間地点に当たるあなたたちの村を加えておくから」

「了解だ」

「それから……今度またゆっくりお酒でも飲みましょう？」

「ああ、楽しみにしているよ」

こうして、ジュリスとの会談は終了。

話を聞く限り、他国との交渉は想定よりも難航しているという印象を受けた。これまでも何度か貿易を持ちかけられているが、国内の商会とべったりだった前大臣はそれを拒否し続けてきたらしいからな。相手側からすれば「何を今さら」って感じなのかもしれない。

それでも、ガウリー大臣は根気強く続けていくだろう——で、最高の形に締めくくってくれるはず。あの人にはそういう不思議な説得力のようなものがあるんだよな。

ともかく、俺たちは俺たちのやれることをやって備えよう。

およそ半年から一年……期限と呼ぶには少々幅が広い気もするが、いずれにせよ村づくりはここからクライマックスに向けて加速する。

ジュリスへの報告も終わり、次に俺たちが目指すのは港町のハバートかな。

まだまだ猶予《ゆうよ》があるとはいえ、準備は早いに越したことはない。今後は何かと連携を取っておかなくてはいけない町でもあるから、マーカム町長とはいろいろと段取りを決めておきたいところだ。

本来なら今すぐ話を持っていきたいけれど、ハバートがあるのは王都と反対方向なので今日中にたどり着くのは不可能。というわけで、明日改めて訪ねよう。

——と、いうわけで、ここからは王都散策と洒落込む。

城の中庭で庭園散策をしていた女性陣と合流し、王都の中央通りへと戻ってきた。

ルディはずっと屋内にいたせいか、ずっとうずうずしていたので「しばらく自由行動だ」と大空へ解放。白い羽を大きく広げ、まるで泳ぐように飛んでいった。

ミミューにとっては初めての王都であり、アキノやソニル、そしてリディアにとっても久しぶりの来訪……前はトラブルもあったりしてじっくり見る機会が少なかったから、今回は可能な限りのんびりと満喫したいな。

「凄い！　凄い！　凄い！」

中央通りに入ってから、ミミューはもうこれしか発言していない。その瞳は過去一キラキラと眩く輝き、首はキョロキョロと忙《せわ》しなく動いている。ここまで楽しんでもらえるとは……連れてきて正解だったな。

「そんなに慌てると転ぶよ」

「無理もありません。私も王都を初めて訪れた時は同じくらい興奮したものですから」

「わ、私も……」

ソニル、アキノ、リディアの三人はテンションが爆上がりのミミューを微笑みながら見守っていた。――だが、声に出さないだけで三人も相当テンションが上がっているのを俺は知っている。ソニルに関しては尻尾《しっぽ》があるから余計に分かりやすい。ちぎれそうな勢いで左右に揺れているからな。

一方、俺とレメットはいたっていつも通りだった。何度か仕事で訪れているし、今さら目新しさはない。特にレメットに関してはアヴェルガ家の令嬢として幼い頃から数えきれないくらい来ているだろうし。

というわけで、いつの間にやら大はしゃぎのミミューをソニルたちが愛《め》で、その様子を俺とレメットが愛でる――という構図が出来上がっていたのだった。

「さて、歩いてばかりいるのもなんだから、お店に入ろうか」

「でしたら、あちらの雑貨屋さんなんてどうでしょう？」

レメットが指さす先にあるのは、いかにも女の子が好きそうな雰囲気の漂っている小さなお店。

やっぱり、こういう店のチョイスは同世代の子にやってもらった方がいいな。ミミューの嬉しそうな顔がそれを物語っている。

「私！　部屋に飾る小物が欲しかったんです！」

「あっ、私も同じこと考えてた！」

「なら、早くいこ！」

「うん！」

年齢の近いミミューとソニルは手をつないで店へと走っていく。

それから、アキノとリディアが続いて入店。

最後に、俺とレメットが動きだす。

「おぉ……中も雰囲気バッチリだな」

なんというか、ファンシーって言えばいいのかな？

女の子が「可愛い！」って叫びたくなるような物ばかり。正直、俺みたいな男がいると場違いな感じがする。外で待っているよとレメットに告げたら、「それはダメです」と食い気味に拒否された。

「ウィルムさん、これなんてどうでしょう？」

「い、いいんじゃないかな。レメットに合うと思うよ」

「こちらは？」

「うん。アキノっぽくていいんじゃないかな」

いろんなアイテムを俺のもとに持ってきては評価を尋ねる女性陣。ただ、俺にはあまりこうした物の良し悪しが分からないんだよなぁ。実用性のあるアイテムなら自分のクラフトスキルで作れちゃうし。

でも、みんなの表情を眺めていると、これが物づくりに大切なことだなと改めて認識させられる。

誰もが笑顔になるようなアイテムをこの手で生みだす……これが醍醐味《だいごみ》なんだよな。創作意欲をかき立てられるよ。

みんなの買い物はもうちょっと時間がかかりそうだし、アイディアをまとめるためにもほんのちょっとだけ店の外に出ようかな——と、

「きゃあああああああっ！」

女性の叫び声がした。

ひょっとしなくてもまたトラブルか？

なんだか王都に来るたび、トラブルが起きている気がするのだが……そういう気質なのだろうか。

とはいえ、放っておくわけにもいかない。

みんなを店に残したまま、俺は駆けだす。

たどり着いたのは中央通りから少し路地へ入ったところ。すでに人だかりができており、異様な空気が漂っていた。何が起きたのか、事態の把握に努めようとするも、人が多くてこれ以上先には進めそうになかった。

すると、町を巡回していた警備兵がやってくる。

そのうちのひとりとは顔見知りだった。

「おや？　ウィルム殿？　どうされましたか？」

「悲鳴が聞こえたから飛んできたんだけど……前に進めそうになくてね」

「でしたら、我らとともに行きましょう」

「いいのか？」

「お安い御用ですよ！」

兵士は他の仲間と一緒に、俺を現場へと連れていってくれた。

そこではうずくまって涙を流す若い女性の姿が。

「どうしましたか？」

早速、兵士のひとりが女性へと声をかける。剣を携えた兵士を見た女性は安堵《あんど》したのか、呼吸を落ち着かせてから詳しい状況を説明し始めた。

「突然、裏から男に襲われて……」

「お怪我は？」

「いえ……幸い、悲鳴を聞いてすぐに人が集まってきたので、何もされることなく相手は逃げていきました」

「相手の外見はどんな感じでしたか？」

「金髪の若い男でした」

女性は涙ながらに答えていく。

話を聞く限り、暴漢だったのか？

しかし、巡回の兵士も多いこの王都で、随分と大胆なマネをするな。おまけに、今は条約改正の件でいつも以上に警備は厳しくなっているというのに。

「何か……別の目的があった？」

「恐らく、風評被害を狙っているのではないでしょうか」

「風評被害？」

「条約改正に伴って、ガウリー大臣が中心となって外交が再開されたのですが……一部の国では未だに過去のメルキスの印象が先行し、難航しているとの話です」

「なるほど……」

その件についてはジュリスから聞いている。

交渉のために他国から来ている担当者もいるはず……その人たちに「メルキスはやはり危険な国」という印象をつけるための犯行ってわけか。実際、一部交渉は難航しているんだから効果は少なからず出ているようだ。

もしかしたら、俺たちの村にやってきて、俺の屋敷を壊した連中もそれが狙いだった？

特にうちは名うての商人や職人たちが集まっているからな。あの騒動がきっかけで村を離れるかもしれないと考えたのかも――まあ、そんなヤワな人は誰もいなかったけど。

しかしそうなると、騒ぎを起こしたヤツのバックに潜んでいるのは甘い汁を吸ってきた国内の商会である可能性は増々高くなるな。

……いや、国内だけじゃない。

メルキスは、俺が以前暮らしていたドノル王国のバーネット商会もお得意様にしていた。

当時俺はアヴェルガ家の担当だったが、他の商人たちは別枠で動いていた……そいつらが前大臣たちとつるんでいたのかもな。

まあ、確証も何もない話だからなんとも言えないけど。

犯人の目的について思案していると、

「あっ！　ここにいた！」

声の主はレメットだった。

どうやら、店を出ると俺がいなくて辺りを捜し回っていてこの騒ぎに出くわしたらしい。

「まったくもう……トラブルがあるとすぐに動きだすのは悪い癖ですよ」

「申し訳ない。でも、もう終わったから」

この調子だと、アキノたちも心配しているだろうな。

「何か事件ですか？」

「ちょっと、な。ただ、大きな事件じゃないみたいだし、あとは警備兵が呼んだ騎士団がうまく対応してくれるだろうよ」

「そ、そうですか……」

レメットはちょっと気にかかっている様子だが、俺から「安心してくれ」という言葉を受けて納得したようだ。

ともかく、みんなに謝らなくちゃいけないということで同行してくれた警備兵たちと別れの挨拶を交わす。

さっきレメットにも言ったが、ここから先は王国騎士団に任せよう。

俺たちは俺たちで、これからハバートへ行く用事がある。

やれるべき場所でやれるべきことをする。

さっきそう整理したばかりだからな。

今回の件は少しだけ気にかけ、他のメンバーと合流するため現場をあとにした。

王都を出た俺たちは、真っすぐに屋敷へと帰還。

ミミューたちは王都散策をしっかり楽しめたようで、早速購入した小物を部屋のどこに飾ろうか話し合っていた。

一方、俺は明日訪れる予定のハバートについて考えを巡らす。

と言っても、あそこの町長であるマーカムさんとは前職からの付き合いがあるし、こっちへ来てからも一度訪問済みだ。レメットたちが頑張ってくれたおかげで道もだいぶ整備できてきたし、今後の発展に大きな期待が持てるな。

マーカム町長との会談は問題なく進むとして、あと考えておくべきは村の規模拡張か。

今後は来訪する人の数も劇的に増えてくると予想される。

ジュリスの話では、すでにこの村の存在は多くの人から注目を集めており、今後は訪ねる人だけではなく移住希望者も増えるだろうと語っていた。

そうなると、もはや村という規模では収まらないのかもしれない。それこそ、都市レベルに成長する可能性も秘めていた。仮に、もしそこまでの規模になったら、近くにあるベルガン村への影響も考慮しなければならないな。

「とりあえず、ハバートとのルートは確保しつつ、可能な限り村の規模を大きくしていくとするか」

俺は執務机の上に地図を広げた。

新しく作られた、この近辺の拡大図だ。

しかし、残念ながらところどころに漏れがある。長らく人が入っていなかったから無理もないが……これも、近いうちに完成を目指して専門家を呼ばないといけないな。

「あとは移住者の名簿も用意しておかないと」

今のところはまだそれほど人が多くないため問題は起きていないが、これからのことを考えると一度整理しておく必要はあるだろう。

今は村の拡張で手いっぱいということもあって、移住希望者はアヴェルガ家へ申請するように話を進めてある。これは当主であり、レメットの父親であるフリード・アヴェルガ様の配慮だった。

例の魔女の村での一件を報告しに行った際に「村への移住を希望する者については、私が責任を持って対応させてもらう」と言ってくれた。

フリード様の人を見る目は確かだからな。信用できる。なので、俺も村づくりに全力を注げるというものだ。

いろいろと考えていたら、部屋のドアをノックする音が。

「あ、あの、少しいいですか？」

声の主はミミューだった。

「うん？　どうかしたかい？」

ドアを開けると、そこにはミミューがひとりで立っていた。てっきり、他のみんなと一緒だと思ったんだが。

「あのですね……これを渡したくて」

そう言って、ミミューが差しだしたのは——小さな犬の置物だった。

「これを俺に？」

「は、はい！　何を贈ろうか迷っていて遅くなっちゃいましたけど……この前、村のみんなやママを助けてくれたお礼です！」

なんと律儀《りちぎ》な。

でも、俺としてはこれからミミューに魔法を教えてもらうことでそれを返してもらう気でいたからなぁ……そう返そうとしたけど、必死になっている彼女を見ると、受け取らないわけにはいかないよね。

「ありがとう、ミミュー」

「っ！　そ、そんな……」

真っ赤になって俯《うつむ》いてしまうミミュー。本人としてもかなり勇気を振り絞ったんだろうなというのが伝わってくる。

早速、ミミューからもらった犬の置物は俺の執務机の上に置いてみた。

うん。

なんかこう……守り神になってくれそうだな。

その後、アニエスさんが夕食の準備ができたことを知らせてくれるまで、俺は今後のことをさまざまな角度から思案。

クラフトスキルを通して試してみたいこともいくつか出てきたし、まずはハバートでの会談を成功させてから動きだすとしよう。

◆　◆　◆

ドノル王国。

バーネット商会本部。

「くそっ！」

商会幹部から送られてきた情報を耳にした代表のジェフ・バーネットは、怒りに任せて執務机を蹴る。

「あれだけの予算を注ぎ込んで失敗とは……役立たずどもめ！」

ジェフは仕掛けていた計画がうまくいかなかったことを知り、憤慨《ふんがい》していた。

その計画とは――ガウリー大臣の暗殺計画である。

貿易に関する条約改正を推し進めている大臣の存在は、バーネット商会にとって無視できない。

彼らだけではなく、これまでメルキス王国の外交大臣と癒着を続け、甘い汁を吸っていた者たちは、なんとしてもこれを阻止したいと協力体制を取るようになっていた。

そうして万全を期した状態で始まったはずの暗殺計画であったが、ウィルムたちの手によって阻止され、逆に暗躍していた商会関係者が次々と騎士団によって拘束され、牢獄《ろうごく》送りとなっている。

国外の商会であるジェフたちのところへはすぐに手を伸ばしてこないだろうが、もはや時間の問題であった。

そこで、同業者ではダメだと判断したバーネット商会は、ドノル王国の王家を言いくるめ、メルキス王国に争いを仕掛けさせようとしていた。だが、今回の暗殺計画の失敗によりそれさえも頓挫《とんざ》する。

せめてもの抵抗と、金に困っている荒くれ者たちを雇い、王都で事件を起こさせてメルキスのイメージダウンを図るという姑息《こそく》な手に打って出るが――騎士団が警備をより厳重にしたこともあってそれさえ成果は上がっていなかった。

「ど、どうするんだよ、親父……ただでさえ最近は顧客が減っているんだ。これ以上はさすがにヤバいぜ？」

ジェフの息子であり、将来的にはこのバーネット商会を背負うことになるラストンは青ざめた顔で父ジェフへと迫る。

「うるさい！　おまえもピーピー騒ぐばかりでなく、少しは知恵を絞らんか！」

「け、けどよぉ……」

これまで、父の威光《いこう》を盾にして仕事——と、呼べるかどうかも分からないが、とにかく楽をしてきたラストンにそのような知恵が働くはずもない。

本来であれば、高齢であるジェフより商会の後継ぎであるラストンが中心となって、この危機を乗り越えようと立ち上がるべきなのだが。

——困った時は誰かが代わりになって解決してくれる。

それが、ラストンの窮地《きゅうち》を脱する方法だった。

しかし、今はもう助けてくれる人はいない。

いつも厄介事を押しつけていたウィルムは自分たちの手で追いだしてしまったし、他の商人たちも将来性を危惧《きぐ》して続々と辞めていった。

所属している商人の数は、全盛期の半分以下にまで落ち込んでいたのである。

これは単にウィルムが辞めたからではなく、原因としてはラストンの傍若無人《ぼうじゃくぶじん》な振る舞いにあった。それが引き金となって顧客が離れているという現実を目の当たりにし、次の道を探して辞めていったのだ。

間違いなく、商会の低迷を招いているのは息子のラストン。

当初から流れに身を任せ、面倒なことは父親に丸投げし、「そのうちどうにかなるだろ」程度の意識しかなかったが、ここへ来てようやく事態の重さに気づいたらしい。

さらにバーネット親子を怒らせたのが、大臣暗殺計画を阻止した者を調査したところ、その候補の中にウィルムの名前があったことだった。

「おのれぇ……またあの男か！」

常連客たちが次々と契約を打ち切り、業績が悪化している原因のすべてをずっと見下していたウィルムに押しつけている彼らにとって、ここでその名を目にするのは耐えがたい屈辱《くつじょく》であった。

ちなみに、自分たちの方から難癖つけて追いだしたという都合の悪い記憶はとうの昔に消し去っている。

しばらく沈黙が続いていたバーネット親子であったが、息子のラストンが何かを思いついたようで、静かに語り始めた。

「な、なあ、親父……次の標的はいっそウィルム本人を狙ってみるのはどうだ？」

「ウィルムを？」

「ヤツさえいなくなれば、常連客も俺たちを頼らざるを得なくなるし、俺たちのやり方に首を突っ込んでくることもなくなるぜ？」

「なるほど……それは盲点だったな」

ラストンからの提案に、ジェフは乗り気だった。

「くくく、ラストンよ。やればできるではないか」

「へっ、俺だってこれくらいのことは思いつくぜ」

「ならば……少し動くか」

顎《あご》を撫《な》でながら、ジェフは得意の悪巧《わるだく》みを思いつく。

「何かいい案があるのか、親父」

「まあな。先日、ちょっと変わった客から武器の調達依頼があったが……ヤツらは住んでる場所的にな、ウィルムの妨害に利用できそうだ」

「変わった客？　――ああ、あいつらか」

その「変わった客」というのはラストンも知っていた。とても珍しい種族で、普段は人間と関わらない。なので、利用価値がないと判断して交渉をしていなかったのだが――うまくいけばウィルムたちにひと泡吹かせられると考えを改めた。

さらに都合がよかったのは、彼らが武器を欲している理由だった。

「ヤツらの狙いをうまく利用できれば、ウィルムだけでなくガウリー大臣の顔も潰せるぞ」

バーネット商会からすれば、まさに天の助けと言って過言ではないほど打ってつけの取引相手だった。

「すぐに使いを手配しよう。これがうまくいけば、形勢逆転となる」

「そいつはいい……親父、俺にやらせてくれよ」

「何?」

形勢逆転という話を聞くと、手柄をあげようとラストン自ら名乗りをあげた――が、

「ウィルム程度の小物が、俺たちをコケにしたことを後悔させてやるぜ」

言うまでもなくそこには私怨《しえん》が多分に含まれている。

「いいだろう。ではこの件はおまえに任せる」

「おっしゃあ!」

すでに成功した気でいるバーネット親子は、早速ウィルム暗殺計画を実行へ移すため、まず「変わった客」に接触すべく、行動を開始した。

――が、これが商会にとって真の意味での終焉《しゅうえん》に向けた第一歩だと、ふたりはこの時夢にも思っていなかったのである。

第二章　発展していく村

夜が明け、朝がやってきた。

今日はハバートへ出向いてルート開拓の進捗状況を町長であるマーカムさんへと伝える予定となっている——が、その前に、俺は最近のルーティーンとも呼べるべき「あること」をするために屋敷の外にいた。

「では、もう一度やってみましょう」

「おう」

それは——魔法の特訓だった。

バーネット商会を去る際、倉庫で眠っていた神杖《しんじょう》リスティックを退職金代わりにいただいてきたのだが……どうにもこいつの扱いに慣れない。

普段、俺はクラフトスキルを駆使して物づくりに励んでいる。あっちでも魔力を使うには使うのだが、魔法の場合はそれとはまったく違うアプローチで魔力を使わなければならず、悪戦苦闘《あくせんくとう》の日々が続いていた。

「ぐっ……うっ……」

汗だくになりながら、必死に魔力を制御しようと試みる。

だが、このリスティックが生みだす強大な力をコントロールできず、しまいには吹き飛ばされてしまい強制終了。少しずつその間隔は長くなっているものの、実際に魔法を扱えるのはまだ遠い先の話となりそうだ。

「やれやれ……俺にもうちょっと魔法の才能があったらよかったのになぁ」

「そ、そんなことないですよ！　ウィルムさんは頑張っていますし、徐々に制御できているじゃないですか！」

「ははは、専門職のミミューにそう言ってもらえるのは励みになるな」

俺に魔法を教えてくれるのは、ミミューだ。

教え方はうまいんだけど、いかんせん俺にセンスがなさすぎてうまくいっていない。

でも、いつか魔法が自在に操れるようになったら楽しいと思うし、何より村づくりの大きな助けになってくれるはず。

成果はすぐに出なくても、毎日少しずつ着実に修行を重ねていこう。

塵《ちり》も積もれば山となる。

この精神が大事だと思うんだよな。

ちなみに、修行をしているのは俺だけじゃない。

「ミミューさん、どうでしょうか？」

「素晴らしいですよ、レメットさん！」

修行仲間のレメットは、俺よりもだいぶレベルの高い技術を磨《みが》いていた。この前のマージェリーさん救出作戦では女性陣で唯一待機組だったからなぁ。それが影響しての特訓っぽい。

◇　◇　◇

いつもの修行を終えると、屋敷に戻ってアニエスさんの作ってくれた朝食をいただく。

それが終わったら身支度を整えて屋敷の外へ出る——と、早くも村づくり作業を始めている者がチラホラ目に入った。

もとから積極的に動いてくれていたけど、ここ最近は以前よりも精力的な感じがする。やっぱり要因となっているのはガウリー大臣による条約改正だろう。

あれにより、今後メルキス王国は貿易において注目国となるのは間違いない。

言い換えれば、商人たちにとって大きなビジネスチャンスとなる。

そんな商人たちにとって、王都と港町ハバートを結ぶこの村は中継地点として重宝される。だからみんなも作業に熱が入っているのだ。

村の規模はさらに大きくなる。

それを予感させる賑わいだった。

「ウィルム殿、ちょうどいいところに」

早朝からの頑張りに目を細めていると、ひとりの中年男性が声をかけてくる。彼の名はエドモンドと言い、元同業者でよく情報交換をしていた。

「どうしました、エドモンドさん」

「実はひとつ提案がありましてな」

「ほぉ……その提案とは？」

「農場の近くに牧場を作ってみてはどうでしょう？」

「牧場……いいですね！」

俺は即答する。

いや、本当に凄く良いアイディアだと思ったのだ。

ちなみに、農場も拡大中である。

俺たちが王都から帰ってくると、ちょうどベルガン村から野菜の種をもらってきたという村人たちとばったり道で出くわし、どんな種を調達してきたかの報告を受けていた。今朝も早くからアキノを中心に種まきに勤《いそ》しんでいる。

現在農場としているすべての土地で野菜を育てるとなったらかなりの重労働になるだろう。一部は牧場として家畜の飼育スペースに充《あ》ててもよさそうだ。

「でも、そうなると飼育する家畜をどこから連れてくるのかが問題ですね」

「その件についてはご心配なく。本格的に建設となったら知り合いに良い業者がいますので見繕ってもらいましょう」

そこまで考慮したうえでの提案というわけか。

商売上手だな。

「それじゃあ、早速その件をアキノたちに伝えてきます」

「い、いいのかい？　今日はハバートへ行くのでは？」

「まだ時間も早いですし、報告だけですから」

それに……なんだか牧場づくりってワクワクする。乳牛を育てたらおいしいミルクを飲めるし、鶏《にわとり》を飼育すれば生みたての卵が毎日食べられるからな。今の食生活に不満があるわけじゃないけど、選択肢が広がるのはいいことだ。

といったわけで、アキノたちの種まき状況を確認しつつ、牧場の件を話しに行こう。

屋敷から少し離れた位置にある畑では、アキノと複数の村人が作業をして——いると思ったら、何やら腕組みをして難しい顔をしている。

「あれ？　どうかしたのか？」

「っ！　ウィルム殿！」

アキノが驚いたような声を出してこちらへと視線を向ける。他の村人たちもまったく同じリアクションだった。

これは……何かトラブルだな？

「問題が発生したって顔をしているけど、どうしたんだ？」

「そ、それが……畑に水をやる際に少し距離があるなぁと話していて」

「ふむ」

水となると、近くにある小川から汲《く》んでくるわけだが、確かに遠いか。

距離自体はそれほどではないのだけれど、これだけ広い農場で使用するとなったら何往復もしなければならない。そう考えると、不便ではある。

「なら、この近くにまで水を引っ張ってきましょう」

「灌漑《かんがい》施設というわけですね」

村人のひとりがそう提案すると、みんなも乗ってきてくれたのだが……問題はその方法だろう。

そこが解消されない限り、根本的な解決にはならないのだ。

でも、それならいい案がある。

「川の近くに水車を設けるというのはどうかな？」

「す、水車ですか⁉」

途端にざわつき始める面々。

そう簡単にできるのかという反応だが——こういう時こそ、俺のクラフトスキルが生きるというものだ。

「そこは俺のクラフトスキルと職人さんたちの頑張りでどうとでもなりますよ」

「さすがはウィルム殿！　頼もしいですな！」

アキノは真っ直ぐこちらを見つめながら言う。

……普通に照れるな。

話の流れで、牧場づくりも視野に入れていると告げたら、これまた周りの村人たちから「それはいい！」と賛成してもらえた。

けど、そうなったらますます水車の存在が重要になってくるな。

というわけで、俺は村へ戻って職人たちのまとめ役であるビアードさんにすぐさま相談してみた。

「水車ねぇ……いい案だと思うが、完成にはかなりの時間を要するぜ」

「どうしてですか？」

「何せ、普通の建物とは構造が違うからなぁ。実際に川を見て、要《かなめ》となる水車づくりから始めないと」

「それなんですけど……俺のクラフトスキルで水車自体は作れると思います」

俺がクラフトスキルというワードを口にした瞬間、ビアードさんは「あっ！」と何かに気づいたかのような反応で俺を見る。

「だっはっはっ！　忘れていた！　おまえさんのクラフトスキルがあれば大幅に工期を短縮させられるじゃねぇか！」

いつものように豪快な笑い声を響かせるビアードさん。

話がまとまったところで、ビアードさんと仲間の職人たちを連れて水車を設置する予定の川へと移動。

すると、そこにはすでにアキノたち農場組が先に到着していた。どうやら、周辺を調べて適した場所を探していたらしい。

「いい場所は見つかったか？」

「候補としては、この辺りが最適ではないかと」

アキノが示したのは水車を回すのに必要な流量を備えている、まさに理想的と呼べる場所だった。

この川の水を農業用に活用するため、水車で水を汲み上げた後、水路へと流し込める仕組みを造り上げる。

「水車自体は俺がクラフトスキルで用意します」

「なら、俺たちは小屋や水路を造るぞ」

ビアードさんの呼びかけに、職人たちは「おう！」と勇ましく返事をした。そちらは農場担当のエドモンドと打ち合わせてもらい、俺は水車づくりに専念しよう。

「まず、素材となる木が必要だな」

「でしたら、私に任せてください」

そう言って、アキノは愛用の薙刀を構える。

名前は《雪峰《ゆきみね》》――これもまた、俺のクラフトスキルによって作りだした武器だ。もうかなり年月が経っているはずだが、毎日手入れを欠かしていないため、今でも新品のような美しさを保っている。ここまで大切に扱ってもらえると、工芸職人《クラフトマン》冥利《みょうり》に尽きるというものだ。

「はあっ！」

短い雄叫びが森にこだました直後、アキノの放った薙刀からの一撃によって三本の木が斬り倒される。派手な動作があったわけじゃないのに、あの一瞬で三本も……クラフトスキルによる追加効果で威力が増しているとはいえ、それをあの若さで自在に使いこなせているのは、凄いのひと言に尽きる。まったく……末恐ろしい女の子だよ。

「これだけあれば足りますか？」

「十分だよ。ありがとう、アキノ。また腕を上げたな」

「そ、そんな……私なんてまだまだですよ」

謙遜《けんそん》するアキノ。

普通、あの域まで達するには相当な鍛錬と経験が必要なのだが、彼女が目指しているのは母親であり、大陸では名の知れた一流冒険者のエリ・タチバナさんだ。あの人の実力を知っていると、「まだまだ」と語ったアキノの気持ちも分かる。

さて、この木材に村から持ってきた金属片をかけ合わせれば素材はバッチリ。早速取りかかるとするか。今日はこれからハバートにも出向かなければいけないし、手早くやっていかないと。

「ふぅ……」

意識を集中し、スキルを発動させる。

もう何百回とやってきた動作だけに淀《よど》みはない。

ただ、武器や農具はこれまでもたくさん作ってきたから、こうすればいいという大体の目安みたいなのはあるんだけど、水車となると初挑戦だ。慎重に取り組んでいかなくてはならないだろう。

アキノが用意してくれた木材に手をかけながら、川の大きさなども考慮してイメージを膨らませていく。

光に包まれていく木材は、少しずつその形を変えていった。

——数分後。

バラバラだった木材はクラフトスキルの力でひとつの大きな水車となって俺たちの前に現れた。

「お見事です、ウィルム殿！」

「うまくいってくれてよかったよ……」

初めて造るだけじゃなく、構造も複雑だしサイズも大きいから苦労させられたよ。これまでで一番しんどかったかもしれないな。

呼吸を整えていると、農場までのルートを確認し終えたビアードさんたちが戻ってきた。

「うおっ!?　もう完成したのか!?　さすがはクラフトスキルだな！」

水路などの細かな手入れなどが必要な作業は職人さんたちの方が向いているはずだ。

「俺たちはこれからハバートへ行ってきますので、あとはよろしくお願いします」

「任せろ！」

あっ、アキノにはハバートへの同行をお願いしなくちゃな。

◇　◇　◇

一度屋敷へと戻り、全員揃ったのを確認してからハバートへと発つ。

メンバーはレメット、アキノ、リディア、ソニル、そして新加入のミミューの五人にルディを足したいつもの面々。

到着してみると、まだ港に大きな変化は見られない。

いろいろと交渉に時間がかかっているという事実もあって、まだまだ平常通りといったところか。

ただ、こちらも条約改正に向けて港の規模を拡大する計画があるらしく、先ほどから職人たちが忙《せわ》しなく町中を行き来している。

「こちらもだいぶ忙しそうですね」

「状況は私たちの住む村と同じ――いえ、国にとって玄関口となる大きな港を抱えている分、重要性では上かもしれませんし」

アキノとレメットは、にわかに活気づいてきたハバートの様子をチェック。

この辺りは貴族と冒険者というそれぞれの立場から自然とそういう目で見てしまうのだろうな。

特にハバートを領地とするレメットの実家のアヴェルガ家にとっては気になってしょうがないだろう。

そういえば、アヴェルガ家の使いと思われる人も何人かいるな。屋敷で顔を合わせているから分かる。彼らは使用人ではなく、言ってみれば秘書みたいなものだ。

今後、ハバートは劇的な変化を遂げるだろう――それを予感させる喧騒《けんそう》だった。

期待を抱きつつ、俺たちはマーカム町長の家を訪ねる。

「やあ、待っていたよ」

笑顔で迎えてくれたマーカム町長。

アポなし訪問だったので、もしかしたらいないかもしれないという不安はあったが、どうやら使い魔を通してジュリスから連絡を受けていたらしい。さすがはガウリー大臣が信頼を置く有能補佐だな。

しかし、心なしか疲れているようにも映った。やはり、条約改正による町の整備に追われているようだ。

「どうかしたかい？」

「いえ、なんだかお疲れのようで……」

「ははは、それはお互い様だろう？」

ニッと笑うマーカム町長。

疲れてはいるのだろうけど、気持ちのいい疲労ってヤツか。

俺にも思い当たる節があるな。

というか、今がまさにその状況だな。村づくりの関係で方々を行ったり来たりしているのだが、肉体的な疲労はありつつも精神的にはむしろ前のめりというか、やってやろうって気迫に満ちていた。

たぶん、マーカム町長も同じ気持ちだろう。

「君の村と、私が町長を務めるこのハバートはこれからこの国にとって重要な役割を占めることになるだろう。今後もうまく連携を取っていきましょう」

「はい。よろしくお願いします」

疲れているはずなのに、マーカム町長はとてもいい笑顔でそう語った。

やっぱり、俺と同じでハイな状態って感じだな。

……負けてはいられない。

俺たちは俺たちで、そして同志であるハバートと連携を取り、やれることを全力でやろう。

「では、今後のことについてゆっくりと話し合おうか」

「分かりました」

俺たちは応接室へと入り、マーカム町長との会談に挑む。

今回は他のメンバーも村人代表として同席し、今後について話し合うつもりだ。

といっても、緊張感のあるものではなく、お互いの町村の未来像を語る。

まず、ハバートはやはり港の大規模な増設&改装を計画しているらしい。

条約通りに貿易の規制が緩まるのはまだ数ヶ月かかるだろうから、それまでに可能な限りやっていきたいという。

「すでに他の国から使者を通して港の見通しについて問い合わせがいくつか来ている。その数を考慮すると、今よりもずっと大きな港にしていかなくてはいけない」

港は国にとって海の玄関口。

メルキス王国としても、こちらの整備を最優先に考えるだろう。

俺たちの方はあくまでも中継地点だし、俺のクラフトスキルで細かな部分については作業工程を大幅に短縮できる。

実際、村の住居スペースを除く、宿屋やアイテム屋などの店舗に関しては出来上がりつつあるが、ハバートの方はまだまだ時間がかかりそうだ。

俺のクラフトスキルで整備を手伝えないかと申し出たが、これは断られた。

「気遣いはありがたいが、クラフトスキルは君の村のために使ってもらったらいい。こちらにはこちらの伝手《つて》で職人を用意しているからね」

「分かりました」

確かに、このハバートで長年にわたり町長を務めているとなったらあちこちに顔が利きそうだからな。そういう点では、俺よりもずっと長としての職に向いているだろう。

「次は君たちの村だが、状況はどんな感じかな？」

「うちも順調です。あとは、もっといろんな場所から村へ足を運べるよう、ルートをいろいろ開拓していこうかなと考えています」

「うむ……あの村にとって最大のネックは立地条件だからな。ただ、君たちが行っているようにきちんと整備すれば問題は解決するはずだ」

マーカム町長の言う通りだ。

村自体は家屋や農場などができ始め、村らしくなってきた。あとは本当に道だけだ。

「その点につきましては、私たちが毎日頑張っていますからお任せを！」

胸をドンと叩き、高らかにそう告げたのはレメットだった。

彼女とソニル、そしてリディアやミミューが協力してルートの整備に力を注いでいる。マーカム町長も「実に頼もしい限りだ」と安堵した様子だ。

それと、ハバートとの最短ルートは完成が見えてきたのだが、これ一本だけではまだまだ物足りない。もっと多方面から足を運んでもらえるよう、ハバートとのルートが完成したらいろいろと検討してみるつもりだ。

お互いの村と町が条約改正に向かってどのように動いているのかを確認し終えたら、次は共通の懸念事項へと話題を変える。

その共通事項とは――

「ガウリー大臣を襲撃しようとした者たちが、このままだんまりを続けるとは思えないのだ」

「それについては俺も同感です」

魔女の村を襲い、ミミューを人質にしたあの悪党たち――その黒幕の正体は、依然として掴めないでいる。

騎士団は他国の人間の仕業ではないかと調査の手を伸ばしているらしいが、さすがに国外となると勝手が違うのでてこずっているという。

恐らく、王都での騒動を引き起こしたヤツもその黒幕とやらが仕掛けているのだろう。メルキス王国としてはそのような危ない連中をいつまでも放置しておくわけにはいかないと考えており、合わせて調査を続けてはいるが……巧妙に行方をくらまし、足取りは不明のままだ。

「すべての元凶である黒幕を捕まえられたら、安心して町づくりに専念できるのだが……なかなかうまくはいかないものだな」

「今回の条約改正で不利益をこうむる組織がいくつかありますからね。そうした商会を騎士団も当然マークしているとは思いますが……国外に拠点を置いていた場合、調査をするのが困難になって時間がかかってしまう」

「本当に厄介だな」

その黒幕だが……もう何度も推測しているが、バーネット商会の可能性は低くない。

あそこもメルキス王都が大口の取引先だったからな。

ガウリー大臣もそれは把握しているだろうから、きっと騎士団もバーネット商会をマークしているはずだ。

しかし、噂されているガウリー大臣の前任と黒いつながりがあったとしたら……今回、強行策に打って出る可能性もゼロではないと思われる。こうなるなら、もっと商会の暗い部分を押さえておけばよかったな。

前世の記憶を取り戻すまでの俺は、バーネット商会を出るって選択肢など頭の片隅にも存在していなかった。クビを宣告された時だって、記憶を取り戻していなかったら泣いてすがっていたかもしれないし、今みたいに前向きな思考はできなかったかもしれない。

だから、見て見ぬふりをしてきたんだよな……仕方がなかったとはいえ、なんともやりきれない気持ちになるよ。この手の話題は、私たちではどうしようもないからね」

「そうですね。騎士団の頑張りに期待しましょう」

俺とマーカム町長の意見は合致していた。

お互いの本職としては、町づくりがメインとなるのだが……これ以上の混乱を避けるためにも、対応できるものには対応していきたいと思う。

流れる重苦しい空気を切り裂くように、マーカム町長はポンと膝を叩いて話題をガラッと変えた。

「そういえば、ビーチには行ってみたかい？」

「ビーチ？」

「港から少し離れた場所にあるんだ。暑くなってきたから、海水浴を楽しんでいる人もいるはずだよ」

「か、海水浴……」

そういえば、ハバートはリゾート地としても売りだしていくらしいな。手始めとして海水浴場を整備したって話は耳にしていたけど、もうオープンしていたのか。

うちにはそういった観光資源がないからなぁ……できたとして森林浴あたりか。需要があるかどうかはさておき。

「ウィ、ウィルムさん？　ちょっと見に行ってみませんか？」

そう切りだしたのはレメットだった。

口調からして、ビーチで遊んでみたいという願望があるようだな。視線を移すと、他の女性陣もレメットと同じような瞳でこちらを見つめていた。

「えぇっと……」

熱視線の集中砲火を浴びて、俺は言葉を失っていた。

すると、マーカム町長が助け舟を出してくれる。

「どうだろう、ウィルム村長。ここは日々頑張ってくれている彼女たちへの休暇も兼ねて、今日はもうゆっくりしていくというのは。村の方へは私から使いを送って伝えておくし、宿も用意しよう」

「マ、マーカム町長……了解です。では、ご厚意に甘えさせてもらいます」

「ああ。楽しんでくるといい」

思えば、俺自身もろくに休みを取ってはいなかったな。

これをいい機会に、少し羽を伸ばすとするか。

◇　◇　◇

ハバートが新たに力を入れている観光産業。

目玉となるのはこの海水浴場って話だったが……なるほど。これは確かに人が呼べる綺麗《きれい》なビーチだな。

青と緑が混ざったような美しい海。

真っ白でサラサラとした砂浜。

湿度が少なくカラッとした気持ちのいい暑さが肌を焦《こ》がす中、俺たちも楽しむためにビーチへとやってきたのだが――女性陣はすでに水着を着用していた。これもまたマーカム町長が用意してくれた物。ビーチの近くに専門店があり、そこで好きな水着を選んでそのまま着てきたという流れだ。

日没の時間を考慮すると、海にいられるのは数時間。

何も考えずにのんびりするにはちょうどいいな。

ビーチに到着すると、まずレメット、ソニル、ミミューの三人が準備体操をして海へと飛び込んでいく。

「おまえはどうする、ルディ？」

「キーッ……」

「ははは、さすがに海になると怖いか」

普段は川で水浴びなんかをしているルディだが、前から海は苦手なんだよな。一緒に翡翠島へ行った際も終始怖がっていたのを思い出したよ。

ソニルは翡翠島という離島の出身だけあって泳ぐのが非常にうまい。レメットもバカンスで鍛えたという泳ぎを披露《ひろう》し、楽しんでいる。ちなみに、海は初めてだというミミューにはクラフトスキルで作った浮き輪を持たせていた。

アキノは腕を組んだまま波打ち際に立っているが……海に入らないのか？

「どうかしたの、アキノ」

不思議に思ったソニルが近づいて尋ねるも、アキノは「いや」とか「むう」とか言葉を濁《にご》している。

彼女らしくない振る舞いに対して、ソニルはある仮説を口にする。

「もしかして泳げないの？」

「っ!?」

一瞬にしてこの世の終わりみたいな表情になるアキノ。

「お、泳げないわけではないぞ！」

「本当ぉ？」

必死に泳げると主張するアキノだが、声が上ずっていて説得力が皆無だ。

……でも、確かに以前から泳げなかったって記憶はないな。むしろ身体能力抜群なわけだから逆に泳げない方が不自然な気がする。なぜアキノが海に入らないのか、その理由は個人的にも気になるところだ。

「何か気になるところでもあるのかい？」

「ウィ、ウィルム殿……」

俺が声をかけると、なんだか悲しそうな表情になってしまった。

しばらく黙っていたアキノだが、本人もこのままではいけないと思ったらしく、ようやく重い口を開けた。

「ちょ、ちょっと怖いんです……」

「怖い？　海が？」

「えぇ……だって、信じられないくらい大きいじゃないですか」

「な、なるほど」

どうやらアキノは海を実際に見たことはないが、書物から情報は得ていたようだ。それによると、「とても大きな湖」程度の認識しかなかったらしく、実物を目の当たりにしてその迫力に度肝《どぎも》を抜かれているってわけか。

——って、ルディと同じ理由なのかよ。

「そ、それに、海の水はとても口にはできない味だとも書いてありました」

「うん。めちゃくちゃまずいよ」

「やっぱり!?」

島育ちのソニルには常識と言っていい知識だが、生まれた時からダンジョンで生活をしている生《き》粋《っすい》の冒険者であるアキノにとっては信じがたい事実であった。

「お、同じ水のはずなのに……どうして……」

「試しに飲んでみるか？」

「んなっ!?」

軽い気持ちで勧めたんだけど、そうは受け止めてもらえなかったみたいだな。

「の、飲んでも死にませんか？」

「平気だよ。ほら、レメットやミミューは楽しそうに泳いでいるだろ？」

「い、言われてみれば……」

ふたりが楽しそうにキャッキャッとはしゃいでいる姿を見て、アキノも海に対する恐怖心が薄まったようだ。肩にとまっていたルディもいつの間にかレメットたちと一緒に海で楽しんでいるし。

ともかく、アキノは海に入る決断を下し、ソニルもそれを応援している。他のみんなもそれぞれ楽しんでいるようで何より。

俺はひと息つくためにパラソルの下で休憩しようとしたら――そこにもうひとりの女の子が座っていた。

「リディア!?」

「ど、どうも……ウィルムさん……」

戻ってきて初めて気づいたけど、さっきからリディアの姿がどこにもなかった。まさか先にパラソルの下で休んでいるとは――って、顔色が悪いな。

「大丈夫か？　体調が優れないなら、宿屋へ戻るか？」

「い、いえ、みんな楽しんでいますし……私のことはお気になさらず……」

そうは言ってもなぁ。

一応、水着は着ているけど麦わら帽子をかぶっており、海に入る気はなさそうだ。明らかに体の調子が悪そうだし、無理もないか。

せめて話をしていれば気はまぎれるかなぁと彼女の横に腰を下ろしてさらに話題を振ってみる。

「アキノはダンジョン暮らしが長かったこともあって海は初体験らしいけど、リディアはどうなんだ？」

「わ、私も初めてです……」

「感想は？」

「とっても大きくて……ビックリしました。潮《しお》の匂いも私は好きです」

海の感想を語るリディアの表情には少し明るさが戻っていた。

「ただ、日差しが強いのは苦手です」

「それで麦わら帽子をかぶっていたのか。似合っているよ」

「あ、ありがとうございます……」

リディアはニコリと照れ笑いを浮かべながら、視線を海へと向けた。

「ちょっと……泳いできます」

「泳げるのか？」

「お爺ちゃんの工房の近くに湖があって、暑い時はよく泳ぎに行きました」

「そういえばあったな」

彼女の祖父——鍛冶職人のデニスさんも俺の常連客のひとりだった。武器作りで右に出る者はいないとされるほどの腕前で、多くの騎士団がこぞって彼の武器を手に入れようと躍起《やっき》になっている。

そんなデニスさんの武器が優れているのは本人の腕はもちろん、孫娘であるリディアの影響が大きい。彼女にはどんな武器も自由自在に操れる才能があり、祖父の作った武器を使用して率直な感想をぶつけ、性能を高めていったのだ。

デニスさんといえば、リディアのことをずっと心配していたな。

人里離れた工房で一緒に暮らしていたとあって、リディアはうちへ来た当初他人とのコミュニケーションに自信がないようだった。

しかし、今はもうそんな素振りは微塵《みじん》もない。

今だって、自然な流れでみんなの輪に入っていった。

……そうか。

みんな、リディアがいないことに最初から気づいていたのか。体調が優れないと分かり、あえて声をかけずに休ませていたようだ。

素で忘れていたのは俺だけだったと……申し訳ないな。

とにかく、今はみんなの楽しんでいる姿を眺めつつ、このまったりとした時間を楽しむとするか。

海水浴を楽しんだ後、俺たちはマーカム町長が用意してくれていた宿で夜を過ごすことになった。

この宿というのがとんでもなく豪華だった。なんでも、マーカム町長が新しく訪れる他国の人たちの宿泊用に造ったらしいけど、これなら満足してくれるのは間違いないだろう。

夕食も実に派手な物で、港から仕入れた魚介類をふんだんに使った料理がテーブルにこれでもかと並んでいる。これにはルディも翼を広げて大喜びだ。

「夜の海って、なんだかちょっと不気味な感じがしますね」

「そう？　あたしは月の光が水面に反射していてとても綺麗だと思うけど」

「ソニルさんは島育ちで海を見慣れていますからね」

「レメットは違うの？」

「私は……初めてというわけではないですが、あまり訪れません。だから余計にそう感じるのかもしれませんね」

宿に併設された食堂の窓から海を眺めるレメットとソニル。

ソニルは、故郷である翡翠島を思い出しているようだった。俺も何度か訪れたことがあるけど、言われてみればなんとなくこの辺りの雰囲気は似ているな。ちょっとホームシックになっているのかもしれ――

「おかわり！」

ないかもと思ったけど、あれだけ食欲があるなら心配はいらないようだ。

賑やかな夕食を終えた俺たちは食後のお茶を楽しみながらまったりとした時間を過ごす。

もうちょっとしたら、みんな部屋へと戻り、このまま穏やかに翌朝を迎える。王都では変なトラブルに巻き込まれかけたけど、こっちでは特に何事もなく平和に過ごせる――はずだったのだが、

「あら？」

窓越しに海を眺めていたレメットが、何かを発見したようだ。

「どうかしたのか、レメット」

「あっ、い、いえ……大きな魚が跳ねたみたいで」

「魚が？」

「おっきかったよねぇ」

ソニルも驚くくらい、大きな魚だったらしい。

ただ、魚が跳ねただけというなら特に珍しいものでもない。

むしろ、港町であるハバートでは日常茶飯事の光景だろう。

――そう思っていたのだが、ちょっと事情が異なるようだ。

「でも……なんだか魚っぽく見えなかったような？」

「えっ？」

ソニルの言葉に、全員の顔が強張《こわば》る。

「魚っぽくなかったって……ひょっとして、モンスターか？」

「断言はできないけど……でも、嫌な感じはしたよ」

「……分かった。ちょっと様子を見てこよう」

「っ！　い、今からですか⁉」

「外は真っ暗ですよ⁉」

レメットとミミューは驚いていたが、すぐにでも確認をしてきた方がいいだろう。王都で起きた事件との関連性があるかもしれないし、何よりこのハバートは条約改正の際にもっとも注目を集めることになる町だ。

反対派が次に何かを仕掛けるとしたら、ハバートである可能性も十分にある。ここの海には危険な水棲モンスターがいると噂になれば他国の船は寄りつかなくなってしまうかもしれないからな。

何かあれば対処すればいいし、何もないのであればそれに越したことはない。

言ってみれば、用心のための見回りだ。

「みんなは先に部屋へ戻っていてくれ。俺は辺りの様子を確認してくる」

「待ってください」

席を立った俺を呼び止めたのはアキノだった。

「いくら男性とはいえ、夜に単独行動は危険です。同行しますよ」

「わ、私も行きます」

「悪いな。頼むよ、ふたりとも」

アキノとリディアがついてきてくれたら百人力だ。クラフトスキルでどんな小さな石や木の枝からも武器を作れる俺だけど、肝心の扱う技術は未熟。加えて、魔法もまだミミューに教えてもらっている途中だ。

「ほ、本当に行くんですか？」

「ちょっと海の周りを見てくるだけだよ」

「何かあれば、私たちが全力で守りますから安心してください」

実に頼もしいアキノの言葉。

……本当は俺が胸を張ってそう言いたいものなのだが……とにかく、三人で海の様子を確認するため、俺たちは宿屋を出た。


外には発光石を埋め込んだ電灯があるものの、その光は弱々しくて頼りない。

昼間は海水浴客で賑わっていたが、今は俺たち三人以外に誰もいなかった。まるで世界に俺たちだけが取り残されたように錯覚してしまいそうだよ。

「さすがに不気味だな」

「あ、あまり変なことを言わないでくださいぃ」

リディアは弱気になっているが、その手には愛用の斧が握られている。彼女の腕前を考えれば、きっと巨大オークの首も一瞬で斬り落とせるだろう。チンピラどころか幽霊が絡んできたところで何も怖がる必要はないのだが……本人にその自覚は一切ないっぽいな。

気を取り直して、レメットとソニルが夜の海で目撃したという不審な存在を追いかけたのだが、特に変わった様子は見受けられなかった。

念のため、夜に強いルディに頼んで上空からも不審な点がないか探してもらったが、何も発見できなかった。

「どうやら、ふたりの勘違いだったようですね」

「まったく紛《まぎ》らわしい……けど、そういう些細《ささい》な違和感から大事件に発展するケースもなくはないからな。異変を感じたなら随時報告してもらった方がいいだろう」

特に情報元であるレメットとソニルはその辺の勘が鋭そうだからな。

ともかく、何もないというならそれに越したことはない――が、ちょっと気になった点がひとつだけ。

「しかし……夜の海っていうのは本当に不気味だな」

「なんだか、得体《えたい》の知れない恐怖がありますよねぇ……」

「い、今にも海から怪物が顔を出してきそうな気配が……」

アキノとリディアも共感してくれるな。

リディアの方は何か嫌な記憶でもあるのだろうか、やけに描写がリアルだけど……って、彼女が生まれ育った場所って、海からめちゃくちゃ離れた場所だから、小説か何かで得た知識っぽいな。

まあ、それはともかくとしてもう少しだけ先に進んで、それでも異変を確認できないようなら引き返そうという話になった。

というわけで、そこから二百メートルほど進んでみたのだが、結局これといって変わったところは発見できなかった。

「やっぱり、気のせいだったのでしょうか……」

「それなら平和な勘違いで終われるからいいけどさ」

リディアはどこか不安そうにしているが、脅威がないというならそれが一番だ。

ここ最近は、ガウリー大臣の条約改正を巡って、不穏な動きが多かったし、俺たちも魔女の村や古城での一件で過敏になっている部分もあるからな。

「何事もないなら、引きあげよう。もう夜も遅いし――」

俺が話している途中で、突然「ドプン」と何かが水面に当たるような音がした。

「ウィ、ウィルム殿……今の音は……」

長刀に手をかけ、臨戦態勢を取るアキノ。

リディアも同様に、携えていた斧の柄を持つ手にギュッと力がこもる。

音の大きさからして、小魚が跳ねたような感じではない。

明らかに、それなりの重量を持った存在がすぐ近くにいる。まさか……ガウリー大臣を狙っているという黒幕の手先が、海に潜んでこのハバートへ侵入しようとしているのか？

俺たちは真相を解明するために、視線を海へと向けた。

波打った海面を月明かりが照らしだし、どことなく異様な気配を漂わせているが、それ以上は何も起きないし、変化もなかった。

「……何もいない？」

音を出した正体はすでに海中へと消えているようだ。

あまり近づくと、海に引きずり込まれるかもしれないという恐怖があって、俺たちはその場に立ち尽くしながら周囲を見回したが、やはり解決に結びつきそうなものは何も発見できずにいた。

「何かがいたのは間違いないんだろうけど……狙いが読めないな」

「とても大きな魚というオチではないでしょうか？」

「それなら助かるんだけどね」

まあ、ここまで来るとアキノの言った「大きな魚が跳ねた説」がもっとも有力になってくるな。

まったく、人騒がせな魚だよ——と、思っていたら、

「ウィルム殿！　あれを！」

突然アキノが何かを発見して叫ぶ。

驚く彼女の指さす方向へ視線を向けると、海面から何かが突きだしているのが見えた。薄暗くてその正体を見極めるまではできなかったが……明らかに「何か」が存在しているのは間違いない。

しばらく見つめていると、その「何か」は突然水中へと消えた。

動いたってことは――生き物か？

「ウィ、ウィルムさん……今のって……」

「……生き物であるのは確かなようだけど……」

海面から突きだしていたものの正体――俺は、人間の顔だと思った。

人間の顔を持ち、水中を自在に移動できる。

そんな特徴を持つ種族と言えば……

「まさか……人魚族なのか？」

人魚族といえば、現在人間とまともに交流を持っていないことで知られている。

だが、完全に敵対関係というわけではないらしい。

忘れられない凄惨《せいさん》な戦争の記憶――と、いう暗い過去があったとするならそれを乗り越えるのは生半可なことではないだろう。

しかし、事実は異なる。

戦争とか、そんな悲しい言い伝えではなくて、単純に住んでいる場所が違いすぎて接点を持てていないというだけだった。もっと言えば、お互いに牽制《けんせい》し合っていると言った方が事実に近い。

実を言うと、俺も何度か人魚族と接触を試みた過去がある。

もちろん、それはバーネット商会に所属している商人時代の話だ。

しかし、いざこざを恐れてか、彼らはなかなか懐《ふところ》を見せてはくれず、交渉はそのまま宙ぶらりんの状態になっていた。俺だけじゃなく、世界中の商人が同じような状況となり、交渉を泣く泣く断念していると仲の良い同業者から聞いたな。

ただ、これも噂レベルの話なのだが、人魚族としては人間と仲良くやっていきたいと考えている勢力も一定数いるらしく、むしろ最近では反人間を推し掲げる勢力の方が少数になっているという。

その人魚族が、なぜハバートに現れたのか。

いや、もしかしたら、俺たちが知らないだけで昔から目撃情報があったのかもしれない。

もっと言うと、ここの人たちと前々から交渉をしている可能性だってあった。

それと、あえて人通りの少ない夜を狙って現れているというのが気になる。見つからないよう人目を避けての行動とも読み取れるし。

真実を知るには、直接本人を捉えるしかないのだが、だからと言って荒っぽい手に出るのはためらわれた。

人魚族には人魚族だけの国がある。

ここで俺たちが判断を誤れば、さらに面倒な展開が待っているのは火を見るより明らかであった。

そもそも、まだ人魚族と確定したわけではない。

まずは何よりもその辺をハッキリさせときたかった。

「どうします、ウィルム殿」

「うーん……」

アキノに尋ねられるが、即答できずにいた。

俺としては、交渉が失敗続きの人魚族へリベンジをしたいという気持ちもある。しばらくして外国の船がこのハバート近海に集まるとなると、彼らの許可も得ておかなくてはならないとも考えている。

だが、下手に接触して相手の心象を悪くしてしまうと、この先の話し合いはほぼ絶望的になってしまう。せっかく、今は条約改正が進み、諸外国との交易が盛んに行われようとしている大事な時期……俺の迂闊《うかつ》な行動で、それにケチをつけるようなマネをしたくはなかった。

いずれにせよ、俺の責任はかなり重いものとなるだろう。

とはいえ、このまま黙って見送るというのも勿体《もったい》ない気がした俺は、あるアイテムを取りだす。

「なんですか、それは」

武器マニアであるリディアが強い関心を示す物——手のひらサイズの小箱であるそれは、とある魔道具技師が作った物を参考に、俺がクラフトスキルで生みだした新しいアイテムだ。

「こいつは魔力探知アイテムだ。簡易仕様だからいろいろと縛りはあるものの、これであの人魚が今どこにいるのか、大体の位置が分かる」

人魚族は強い魔力を持った種族。

そのため、人間のものとは違った特徴的な魔力の波長を持つ。これはその波長を捉えることができるアイテムなのだ。これさえあれば人魚族が近くにいるかいないか、最低限クラスの情報であるが、それを得ることができる。

今後はもっと研究を重ね、より精度の高い物に仕上げていきたい。たとえば強いモンスターが近くにいる時は振動で知らせるとか。危機除けの効果も付ければ、人気商品になりそうな気がするんだよな。

もしうまくいけば、うちの村のオリジナルブランドってことで売りだそう。

……まあ、それも実際に使い物となったらの話なので、とりあえずその性能を試してみることにした。

「うん？　この反応がそれっぽいな」

魔力探知アイテムを海に向けて作動させると、すぐさま反応があった。

小箱が微妙に振動し、赤く点滅している——この傾向は、かなり遠くにいることを示している。

「どうやら、あっちの浜辺へ向かったみたいだ」

「じゃあ、どこかで休んでいるかもしれませんね」

「そうかもしれな――む？」

アキノとの会話中、俺はアイテムの反応に違和感を覚えた。

点滅が速すぎる。

これは魔力の乱れを表す反応だ。

「ひょっとして……そこにいた人魚族は怪我をしているのかもしれない」

もしそうだとしたら、放っておくわけにはいかない。

俺はアキノとリディアを連れて浜辺へと向かった。

◇　◇　◇

昼間は俺たち以外にも大勢の客で賑わっていたビーチだが、さすがにこの時間帯では人もおらず、静まり返ってどこか不気味な雰囲気を醸しだしていた。

「どこにもいませんねぇ……」

辺りを見回しながら、リディアが言う。

確かに、浜辺には誰もいなかった——が、魔道具は未だに反応を示している。この近辺にいることはほぼ間違いない。

「手分けして捜しますか？」

「……いや、ここは行動をともにしよう。何かあるといけないからな」

分散して捜すことを提案したアキノだが、交流がほとんどない人魚族がなぜ港町であるこのハバートまでやってきたのか、そして、怪我をしているとしたら一体誰にやられたというのか……不明な点が多すぎるので迂闊な行動は避けた方がいいと判断した。

まさか——この辺りの海底に人魚族が暮らす村とかあったりしないよな？

もしそうなら、今後条約改正によって貿易船が今まで以上にたくさん往来するため、彼らの生活圏にも多大な影響を及ぼすことが懸念される。

その確認のためにも、さっきの人魚族とはぜひとも顔を合わせて話をしたいと考えていた。

捜索を開始しておよそ十分。

広い砂浜ではあるが、遮蔽物《しゃへいぶつ》がないため隠れることはほぼ不可能——そう思っていた俺たちの前に、あるモノが姿を現す。

「お？　あそこからは岩場になっているのか」

サラサラの砂浜からゴツゴツとした岩場へと変わっていた。

あそこなら、身を隠すのにもってこいだろう。

怪我をしたかもしれないと考慮したら、人魚族があそこにいる可能性は高いと言えた。

俺はアキノとリディアに注意するよう促すと、なるべく音を立てないようゆっくりと岩場へと近づいていく。

ひと際大きな岩を乗り越えたその先に――捜していた人魚族はいた。

「っ⁉」

こちらに気づいて警戒を強める。

人魚族は女性だった。

群青《ぐんじょう》色をした長い髪に美しい青色の瞳が特徴的で、右腕から血を流している。

「っ！　大変だ！」

出血をともなう怪我をしていた人魚族を心配し、俺たちは慌てて近づく。

――だが、この迂闊な行動が彼女を不用意に刺激してしまったらしく、怯えた表情で後ずさりして距離を取ろうとする。

この反応……もしかして、その傷は人間によってつけられたものなのか？

「大丈夫だよ。俺たちは君の味方だ。何も心配しなくていい」

「私たちはあなたの傷の手当てをしたいんです」

アキノも一緒になって人魚族の女性を説得する。ちなみに、人見知りのリディアはうんうんと頷くのが精一杯だった。

「………」

こちらの説得が通じたのか、彼女はゆっくりと腕を前に差しだす。

――ただ、言葉は発しない。

一体何があったのか……その理由すら聞きだせそうにない空気だった。

とりあえず止血をし、念のため持ってきておいた消毒薬を塗り、俺は自分の服の一部を破ると、それをクラフトスキルで包帯へと作り変える。それを彼女の腕に巻いて応急処置は終了だ。

魔法使いであるミミューを連れてきて治癒魔法をした方がいいのだろうが、ここで人を増やし、余計に彼女の不安を煽《あお》るようなマネは避けたい。

「今の俺たちにしてあげられることは、これくらいだ」

「……ありがとう」

「えっ？」

思いもよらない人魚族からのお礼に戸惑っていると、彼女はそのまま海へと帰っていってしまった。

「行ってしまいましたね……」

「何かもっと情報を得られたらよかったのですが」

アキノとリディアは少し寂しそうに呟く。

元気になってくれたのはよかったが……確かに、謎の多い出会いだった。


夜の海で人魚族との出会いを果たした俺たちは、宿屋に戻ると待機していたレメットたちに経緯を説明する。

予想もしていなかった事態に困惑していたが、注目している点は全員同じだった。

「怪我をされているとの話ですが、理由については何か話していたのですか？」

「いや、すぐに海へ戻ってしまったから詳しい話は聞けなかったけど……間違いなく好意的な態度じゃなかったな」

というより、何かに怯えていた様子だった。

間違いなくトラブルに巻き込まれている様子……せめて、彼女が逃げた先が海じゃなければ追いかけられたのに。

「なんだか……嫌な予感がします」

不安そうに俯いていたのはミミューだった。

初めての海で浮かれていた昼間の姿が嘘のようにシュンとしている彼女の頭を優しく撫でながら、少しでもその心配が解消されるよう声をかける。

「大丈夫だよ、ミミュー。きっと何も起きやしないさ」

「そ、そうでしょうか……」

「もちろん。ただ、今回の件は早急にマーカム町長へ知らせる必要があると思う。なので、夜が明けたら村を出る前にもう一度訪ねるつもりだ」

「それがいいですね」

アキノが賛同してくれると、それに合わせて他のメンバーも頷いて了承してくれた。

……ミミューにはああ言ったけど……もしかしたら、何か大きなことが起きる前兆なのかもしれないな。

◆　◆　◆

ウィルムたちがハバートでくつろぐ数日前。

バーネット商会では連日慌ただしい動きが目立った。

代表であるジェフ・バーネットの逆恨《さかうら》みにより、これまでとはひと味違った交渉を続けてきたが、ここへ来てそれが少しずつ形となりつつある。

新たな交渉のまとめ役に立候補したジェフの息子のラストンは、自身の執務室にて部下の男からの報告を受けていた。

「例の取引は無事に終わりました」

「そうか。計画とやらを実行する日取りについては何か言っていたか？」

「武器が手に入り次第、すぐに仕掛けるようです。他種族との交流が少なく、ここ数百年は目立った争いもないため防衛組織も軒並み腑抜けとなっており、制圧するのに苦労はかからないだろう、と」

「頼もしい限りじゃないか」

自分の思惑通りに進んでいる報告を耳にしたラストンは満足げに頷いた。

「いいぞ……流れは着実に俺たちの方へと傾いている」

苦境に立たされているバーネット商会が、一発逆転を狙って仕掛けた壮大な罠。うまくいけば、厄介なガウリー大臣を失脚させるだけでなく、憎きウィルムにも復讐《ふくしゅう》を果たせる——まさに一石二鳥である。その計画の第一弾が無事に終わり、手応《てごた》えを感じているようだ。

「連中は派手に暴れてくれそうか？」

「その点は問題ないかと……革命を起こしてやると息巻いていましたからね」

「結構なことだ」

下卑《げひ》た笑みを浮かべるラストンの視線は執務室の窓へと向けられた。

「ヤツらが慌てふためき、絶望する姿をこの目で拝めないのは残念だが……まあ、いい。バーネット商会をコケにした代償はキッチリ支払ってもらわなくちゃな」

実際はウィルムやガウリー大臣は仕掛けた黒幕がバーネット商会とは知らないので完全な逆恨みなのだが、都合の悪い記憶の改竄《かいざん》が得意なこの親子にとっては関係のない話だ。

ラストンは状況を逐一報告させるため、ハバートへ商会の人間を送り込むように男へ伝えると、すぐに出ていくよう指示をする。

長らくラストンに仕えている男は彼の性格を十分把握しているため、行動が遅くなって癇癪《かんしゃく》を起こされる前に退室しようと「はっ！」と短く返事をして足早に去っていった。

一方、執務室に残るラストンは朗報を耳にした余韻《よいん》に浸《ひた》る。

「さあ……問題に直面してどういう行動に出るのか見せてもらおうじゃないか」

こうして、メルキス王国を陥れようとするバーネット商会の魔の手は、着実にウィルムたちへと迫っていた。

第三章　人魚族の事情

衝撃の出会いから一夜が明けた。

レメットたちに説明を終えた後はすぐに部屋へと戻ったのだが、どうにも寝つけなくて少々寝不足気味だ。

原因は、あの人魚族の少女が負っていた怪我にある。

一体、誰がどうして彼女を傷つけたのか……まともに言葉すら交わしていないので素性も何も分かってはいないが、治療している際に受けた印象は「悪い子じゃない」というものであった。

仮に、人間の手によって傷つけられたものだとしたら、これは種族間の争いを生む大問題へ発展する可能性もある。

とにかく、早急に関係各所へ連絡を取り、今後の動きについて共通認識を持つべきだろう。

俺たちは昨晩目撃した人魚族の件をまずはハバートのマーカム町長に報告するため、再び屋敷を訪れる。

同時に、この事態をガウリー大臣にも知ってもらわなくてはと経緯を記した手紙をルディに託し、届けてもらうことにした。

「頼んだぞ、ルディ」

「キーッ！」

重要な仕事を任されて、ルディも気合十分のようだ。

俺がルディを単独で動かしたとなれば、大臣補佐であるジュリスが異常事態の発生を察して対応してくれるはず。まあ、彼女じゃなくてもルディは城の誰もが知っているから無下《むげ》に扱われるなんて事態にはならないだろう。

一方、マーカム町長側はというと——俺たちの慌てた様子を見て、町長も何かよくない出来事があったのだろうと思ったらしく、俺たちを出迎えてくれた時はキリッと表情が引き締まっていた。

「それで、一体何があったんだい？」

「実は——」

すぐさま応接室へと案内されると、そこで昨夜の件を一から説明していく。

俺の他、実際に人魚族と出会ったアキノやリディアからも詳しい話が出ており、見間違いなどの類《たぐい》ではないと察したマーカム町長――だが、そう感じた途端に表情はさらに険《けわ》しくなっていった。

無理もない。

今、このハバートは大事な時期に差しかかっている。

メルキス王国が諸外国との貿易を活発に行っていこうと、条約を改正してまで取り組んでいる中で、他種族とのトラブルは避けたいところだ。おまけにそれが人間とあまり交流がない人魚族となったら、話はさらにややこしい方向へ進みかねない。

それに……この状況は決して他人事じゃないぞ。

俺たちの村だって、このハバートと王都をつなぐ中継地点としての役割をガウリー大臣から期待されている。

だが、人魚族とのトラブルがきっかけで船が寄港できないような状態になってしまうと、これまでの取り組みがすべて水泡に帰す可能性も出てきた。

「根本的な問題だが、まず人魚族がこの辺り一帯の海に住んでいるのかを調査する必要が出てくるな」

「これまでに確認されたケースは？」

「一度もない。まあ、町長である私に報告がなかっただけで、目撃していた町民はいたのかもしれないが」

「なるほど……それも十分考えられますね」

「とにかく、この海に人魚族が移住してきているのかについてはこれから手を尽くして調べていくつもりではいるが、少々時間がかかりそうだ」

時間がかかるというのは仕方がないか。

何せ、これまでまったく接点のない種族だし、そもそも町長を務めているマーカムさんでさえ、人魚族がハバート近海で暮らしていたという事実を知らなかったのだから。まったく情報がなく、まさに手探り状態での調査となれば長期戦になるのも致し方ない。

……けど、あいにくと俺たちには時間がなかった。

ジュリスの見立てでは、早くて半年後に条約改正となり、外国籍の船が多数このハバートへと押し寄せる。その際、人魚族とトラブルがあったなんてことになったら一大事だ。せっかく悪党たちから大臣を救い、条約改正に進んだというのに、これでは台無しになってしまう。

この問題は迅速《じんそく》な対応が求められるな。

重苦しい沈黙の中、レメットが切りだす。

「マーカム町長、この件については私の父にも相談してみます」

彼女の父であるフリード・アヴェルガ様はこのハバートが含まれている地方の領主。話を持っていき、協力を仰《あお》ぐのは当然の流れだろう。

「……そうですな。領主様に黙っているわけにはいきません。よろしくお願いします、レメットお嬢様」

「任せてください。――と、言いたいところではありますが、実際、どのような対応を取るべきなのか、皆目見当もつきません」

俯きながら答えるレメット。

そんな彼女に、マーカム町長は優しく声をかけた。

「大丈夫ですよ、レメットお嬢様。これだけの精鋭が揃っているのです。きっと何もかもうまくいきますよ」

それは何ひとつ根拠のない話――だけど、レメットを勇気づけるのにこれ以上の言葉はなかった。

「マーカム殿の言う通りだ。私たちも問題の解決に向けて全力を注ごう」

「だね！　あたしは体を動かすことでしか協力できそうにないけど……それで役に立てるのならなんでも言って！」

「私も魔法でお手伝いします！」

「ぶ、武器の扱いなら任せてください……需要ないかもしれませんが」

「みんな……」

アキノ、ソニル、ミミュー、リディア――生まれも立場も種族も違う四人だが、メルキスのために力になりたいという思いは一緒だった。彼女たちの頼もしい笑顔を前にして、レメットは感極まり、今にも泣きだしそうなくらい瞳を潤《うる》ませている。

「ふふっ、素晴らしい仲間を持ちましたな」

「いや、まったくです」

大袈裟《おおげさ》でもなんでもなく、このメンバーでならなんでもやれるって素直にそう思える。ありがたい限りだよ。

――と、いうわけで、早速俺たちはアヴェルガ家の屋敷を訪れることにし、そこで改めて今後の対策を練ることにした。その間、マーカム町長は出せるだけの船を海へと出して人魚族の実態調査に乗り出すと屋敷を飛びだしていく。

「マーカム町長……凄い気合ですねぇ……」

「無理もない。ハバートはこれからメルキスの海の玄関口として大きく発展していくはずだったのに……直前になってこのような事態が発覚したとあっては、ジッとしていることなどできないだろう」

アクティブなマーカム町長の動きを目の当たりにし、ポカンと口を半開きにした状態で呟いたリディアに対し、アキノは町長の心情を察してそう答える。同時に、俺たちも同じような問題を抱えているのだと他のメンバーにも訴えているように映った。

もちろん、レメットやソニルも状況によっては種族間の争いという大事になりそうだという予感はしているらしく、表情が冴《さ》えない。

「とにかく、アヴェルガ家へ行こう。フリード様に報告しなくちゃ」

「そ、そうですね」

俯いていた顔を上げたレメットが言う。

……心なしか、さっきより顔つきはよくなっている。

どうやら、腹をくくったらしい。

必ずこの問題を解決するという強い意志が感じられた。

こうして、新たに浮上した人魚族との問題を解決するため、俺たちはハバートをあとにするのだった。


アヴェルガ家へと向かう前に、一度村へ戻って状況を村人たちに説明する。

「そのような事態になっていたとは……」

メイドのアニエスさんをはじめ、全員が落ち着きなくざわつき始めた。

とりあえず、まだ何も確定したわけではないと付け加え、この事件を解決させるためにもしばらく村を空けるかもしれないという話も伝えておく。

「村づくりは俺たちに任せてください」

「村長のクラフトスキルがなくても進められるところまではやっておきますから」

「その代わり、しっかり解決してきてくださいよ」

「もちろんだ！　ありがとう、みんな！」

こちらも本当に頼もしい人たちばかりで助かる。


用件を伝え終えると、休む間もなくアヴェルガ家の屋敷へと移動開始。

またしてもアポなし来訪となったが、奇跡的にフリード様は屋敷にいるらしく、急ぎの案件があると事情を説明したら快く執務室へと迎えてくれた。

「随分と慌てていたようだが、一体何があったんだね？」

「その件についてなのですが――」

俺は昨晩起きた人魚族との件を話していく。

すると、だんだんマーカム町長と同じようにフリード様の顔が険しくなっていった。

「そうか……人魚族か……」

「敵対行動を取るような感じではなかったですが……怪我をしていたという点がどうにも気になって」

「君もそう思うか。……もし、人間に襲われたとなったら、これは種族間の関係に大きな亀裂《きれつ》をもたらす案件になり得る」

やはり、フリード様も懸念するのはその点だった。

「ハバート近海に人魚族の国があるかどうかはまだ確認が取れていませんが、もし国が存在していて、彼女がそれを誰かに報告したなら……」

「由々《ゆゆ》しき事態だな」

フリード様は頭を整理するように一度大きく息を吐いた。

「他国との交渉が難航しているという報告は受けているが……それについてはきっとガウリー大臣がうまくまとめるだろうと信じていた。――しかし、今回の件で彼の頑張りが根本から覆ってしまう可能性もある」

「今後、あの一帯に他国の船がたくさん往来するとなったら、人魚族との間で何かトラブルを生む可能性もあるかもしれませんからね」

「うむ。早急に手を打たなくては」

だが、さすがにモンスター相手のように討伐するわけにもいかない。向こうにも事情があるだろうから、慎重に対処しなければならないのだ。

厄介なのは時間がないということ。

特にハバートの方は港の整備もあるし、のんびりと構えているわけにもいかなかった。

「せめて、もう一度その人魚族と接触して事情を聞ければいいのだが……」

「我々でもう一度捜してみます」

「……何か事情がありそうでしたしね」

そう語るアキノは直接その人魚と顔を合わせている。確かに、あの時の人魚が見せた表情はなんだかおかしかった。怯えているように見えたが……あれは俺たち人間ではなく、もしかしたら別の何かから逃げてきたのではないかとも考えられるな。

いずれにせよ、彼女から詳しい話を聞きだしたい。

「私はこれから王都へと向かい、ガウリー大臣と会談する。君のことだから、すでに大臣へは報告済みだろう？」

「ルディにメッセージを届けさせていますから、もう把握しているかと」

「分かった。では、君たちはその人魚族の少女を追ってくれ。ただし、くれぐれも無茶はしないように」

「「「「「はい！」」」」」

とりあえず、今後の行動は決まった。

俺たちは全員で、人魚の行方を追う。

◇　◇　◇

――と、息巻いていたまではよかったのだが……これが難航する。

理由は目撃した場所近くは日中だと人でごった返しているというものだ。ビーチへ遊びに来た観光客だけでなく、あの辺りは釣りにも最適なポイントで、快晴の今日は朝から多くの釣り人で賑わっていた。

「さすがにこれだけ人が多いとあの子は現れないか……」

「難しいでしょうね……」

あの怯えた様子からして、人目につくような場所に来るとは思えない。そもそも、まだこの辺りにいるのかどうかも疑問符がつくが……今はそう信じて手当たり次第に捜索するしかなかった。

その後もせめて何か手がかりくらいは残っていないかと俺たちは辺りを調べ回り、気がつくと人魚と出会った岩場へとやってきていた。

「残された可能性はここだけか……よし。この辺りを手分けして調べてみよう。人魚族に関係がありそうならどんな些細な物でも構わない。集めて持ってきてくれ」

「分かりました！」

「任せて！」

「リディアは日差しにも注意しておくように」

「いざとなったら私の氷魔法で冷やしてあげますから！」

「あ、ありがとうございます、アキノさん、ミミューさん」

こうして、俺はレメット、ソニル、アキノ、ミミュー、リディアの五人と協力して周辺の調査に乗り出したのだった。

昨日は夜だったということもあって全体像がハッキリとは見えなかったが、海もかなり浅瀬だし、足場が悪い。あまり人が近づきそうにない場所だな。


それから——約一時間が経過。

広い岩場をあちこち見ていくが、特に異常は見られなかった。穏やかな波の音を聞き、爽《さわ》やかな潮風が吹く中、進展のなさに焦りを感じ始めた時だった。

「レメット、足元に注意してくれ。滑って転ばないようにな」

「心配をしてくれるのは素直に嬉しいのですが、さすがにそこまでドジじゃ——きゃっ!?」

本人としては問題ないと判断したようだが、間違いなくこのメンバーでやらかすならレメットしかないと思っていた——そして、それが現実のものとなる。

「だ、大丈夫か？」

「……平気です」

「で、でも、顔が真っ赤だよ！」

ソニルは純粋に心配しているようだが、あれは大口を叩いた直後にフラグを回収するがごとく盛大にズッコケた自分に恥ずかしがっている赤面の仕方だ。

「あの……ウィルムさん」

「ど、どうした？」

「服が濡れてしまったので、水着に着替えてきていいですか？」

「あ、ああ、行っといで」

「では、失礼して」

言葉数少なめになったレメットはそそくさと岩場をあとにして着替えへと走る――と、その時だった。

「あれ？」

急にレメットの足がピタッと止まった。

「どうかしたのか、レメット」

「あの、ウィルムさん……あれはなんでしょうか？」

「あれ？」

レメットは海上に何かを発見したらしく、海をジッと見つめながらそう呟いた。異変に気づいたアキノやリディアたちも集まってくる。

「海に何かあったのか？」

駆け寄って詳しい話を聞こうとしたら、とんでもない情報を口にする。

「昨日の夜に食堂の窓から見たのとよく似た……大きな魚っぽい生物がいた気がして」

「何？」

そういえば、あの人魚族を最初に発見したのもレメットとソニルだったな。そのレメットが見てそっくりということは――あの人魚がここへ戻ってきたのか？

「ほ、本当に人魚が戻ってきたのでしょうか」

信じられないといった口調で尋ねてくるアキノ。

俺としてもまだ確認が取れていないのでなんとも言えないが……現状、捜索は手詰まり状態なので、ここはレメットを信じて動いてみるか。

「海面で異常が発生したとなったら、少し沖に出て調査してみる必要がありそうだな」

「沖にって……どうやってですか？」

首を傾げるリディア。

海へ出るのに必要な物といったら、あれしかない。

「ボートを用意するんだよ」

「「「「ボート⁉」」」」

女性陣は揃って驚きの声をあげた。

「ボートというと……近くの港から貸してもらうということですか？」

「それでもいいが、もし壊してしまうような事態になると申し訳ないので調達をしよう」

「ちょ、調達？」

ますます訳が分からないといった様子のアキノだが——俺が持つクラフトスキルの力が解決してくれる。

「クラフトスキルがあれば、小さなボートの一艘《そう》くらいすぐに用意できるさ」

「な、なるほど！　その手がありましたね！」

パンと手を叩きながらレメットが感心したように叫ぶ。

ともかく、沖に出て周辺を調べるため、すぐに周辺から素材になりそうな物を片っ端から集めていく。

「この流木がちょうどいいな」

実は捜索中にこっそり目をつけていた流木。

大きさは三メートルくらいか。

横たわるそいつをアキノに頼んで斬ってもらい、それぞれに手を添えてすぐさまクラフトスキルを発動させる。すると、あっという間に木造の手漕ぎのボートが完成。近くに落ちていた枝でオールも用意し、これで沖へと出られるようになった。

「さすがはウィルムさんのクラフトスキル……」

「あの一瞬で本当にボートを作ってしまうなんて凄いです……」

レメットとミミューは未だにクラフトスキルを見ると驚くリアクションが返ってくる。そういえば、アキノ、ソニル、リディアはメルキス王国で合流するまでの間に何度か披露したことがあったから、見慣れている分、反応は薄めだった。

◇　◇　◇

とりあえず、準備は整ったので船へと乗り込み、沖へと出る。

さすがに全員乗れるサイズとはならなかったので、ソニルとアキノのふたりについてきてもらい、レメットが何かを目撃したという地点を中心に調べてみることにした。

「この辺りだったよな」

「うん。大きな魚がいたように見えたらしいけど……」

「今のところは特に何も変わりありませんね」

三人で見回してみても特に手がかりは得られず、時間だけが過ぎていく。

「見間違いだったのかなぁ……」

やはり、この近くにあの子はもういないのか。

となると、もはや打つ手はなし。

改めて今後どうしていくのか考えていかなくてはいけないと思い始めた頃、バシャンと海面を何か大きなモノが跳ねるような音が耳に飛び込んできた。

「い、今の音は⁉」

「す、すいません、こちらでも確認できていなくて……」

「あ、あたしも……」

謎の音に関してはアキノとソニルに確認を取ってみるが、誰もその瞬間を目撃していないという。

「音だけが聞こえたのか……」

あれは魚が跳ねたなんて音じゃなかった。

もっと大きな存在がこの近くにいる。

それが人魚族なのかどうか分からないけど……とにかく、何かが海中に潜んでいるのは間違いない。

その正体を確かめるため、丹念に辺りを捜索していくが見つからない。何かが跳ねるような音も、あれ以降すっかり聞かなくなってしまったし……人魚族ではなかったのか？

やがて日暮れが近づき、これ以上の調査は難しいだろうとアキノたちに「引きあげよう」と伝えるため、船を岸へと近づけた——その時、俺たちの乗る船が大きく揺れる。

「わわっ⁉」

「な、何っ⁉」

必死にしがみついて落ちないようにするアキノとソニル。

まるで、何かにぶつかったような衝撃だった。

「浅瀬というわけでもないし、一体何が——っ⁉」

視線を海面へと向けた俺は戦慄《せんりつ》する。

この船よりもずっと大きな影が水中を漂っていたのだ。

「い、今のって……」

海面に現れた巨大な魚影——いや、あれは魚じゃないぞ！

見た限りだと、そこら辺にいるモンスターより遥かに巨大だった……というか、そうなったらもうあの影の正体がモンスターと言っていいんじゃないか？

――って、だったら暢気《のんき》に構えている場合じゃない。

「アキノ！　ソニル！　モンスターが襲ってくるかもしれない！　すぐに戦う準備を整えてくれ！」

「「っ!?」」

戦闘要員であるふたりは、名前を呼んだ時点で俺が何を頼もうとしているかすぐに察したらしく、顔つきがガラッと変わって勇ましくなる。

しかし……妙だな。

この近辺に水棲モンスターはいないはず。

港町にとって、海を住処とするモンスターの存在は死活問題だからな。商船が襲われたりしたら大きな損失になるし、何より信用を失う。だから、腕のいい魔法使いを雇って凶悪なモンスターが寄りつかないよう結界魔法を張ったりするのだが……いや、マーカム町長のことだからその点も抜かりはないはず。

それでも、こうしてモンスターが姿を現した。

一体……どんなヤツなんだ？

俺たちは岸を目指しつつ、警戒態勢を取る。

すると、海の一部が急に盛り上がり始めた。

「気をつけろ、みんな……来るぞ」

俺はそう声をかけるが、それよりも先にふたりは異常を感知して構える。表情は一層険しくなり、緊迫感が流れた。

そして——「そいつ」は姿を現した。

「っ!?　イ、イカ!?」

海上に出現したのは巨大なイカだった。

いわゆるクラーケンってヤツか。

その巨大さに、岸で俺たちを見守っていたレメットたちも驚き叫んでいる。

海水浴場の客たちには聞こえていないようだが、下手をするとあちらにも被害が及んでしまうかもしれない。早いうちに手を打たなければならないだろう。

それにしたって……なんてデカさだ。

恐らく、このハバートでは過去に見たことがないほど大きなモンスターだろう。俺だってこれほどのサイズを目の当たりにするのは初めてだ。

——っと、暢気に構えている場合じゃない。

ともかく、あいつが襲ってくるよりも先に仕掛けて先手を取るべきだろう。俺はアキノとソニルのふたりに目配せをする。

受け取ったふたりは揃ってコクンと頷いた。

「行くぞ、ソニル」

「任せてよ、アキノ！」

相手が見たこともない巨大イカであっても、ふたりに怯えや恐怖といった感情は一切見られない。アキノはダンジョンでこいつより巨大なモンスターと何度もやり合っただろうし、ソニルはソニルで、翡翠島にいる同種族の方がずっと強いだろうから、特になんとも思っていないようだ。

実に心強いふたりの少女は、互いの呼吸を合わせて一斉に飛びかかろうとする——だが、そんな彼女たちの動きがどこからともなく聞こえてきた女の子の叫び声によって止められてしまった。

「待ってください！」

まさに飛びかかった瞬間、そんな声が聞こえたものだからアキノとソニルは急に動きを止めてしまい、そのまま海へドボン。

「アキノ!?　ソニル!?」

慌てて船の上から手を差しだし、ふたりをなんとか海から引き上げる。それからすぐに声のした方向へ視線を移す。

「君は……昨日の人魚族の……」

クラーケンのすぐ近く。

海中からわずかに顔を見せたのは、昨夜俺たちが遭遇した人魚族の少女だった。

その声で、俺はハッと冷静に事態を見ることができた。

あまりのデカさに動揺し、すぐさま攻撃態勢を取るように指示を出したが、出現したクラーケンからは殺気というか、俺たちに襲いかかろうという気配を一切感じなかった。改めて見ると、表情も穏やかに映るから不思議だ。

そのクラーケンは少女のそばを片時も離れまいと寄り添っている。

もしかして……あの人魚族の少女の護衛役か？

だとしたら、彼女の方が俺たちに接触をしようと近づいたってことか？

「あ、あの、あなたたちにお話をしたいことがあって……」

どうやら、俺の予想は当たっていたらしい。人魚族の少女は何かを伝えようとしているのだが、よほど言いにくいことなのか、すぐに言葉が出てこなかった。

しばらくアワアワし、ようやく覚悟を決めたのか深呼吸を挟んでから真っ直ぐに俺たちを見据えて話し始める。

「お願いします――私たちを助けてください！」

「えっ？」

思わぬ言葉に、俺たちは顔を見合わせるのだった。

人魚族の少女の願いとは、俺たちに助けを求めることだった。

あまりにも予想外だった少女の言葉に、俺たちはしばらく呆気に取られて茫然《ぼうぜん》としていたのだが、ハッと我に返って詳しく話を聞くことに。

「と、とりあえず、ここじゃなんだから場所を変えないか？」

「わ、分かりました」

素直に応じてくれた人魚族の少女――って、これじゃ呼びにくいな。

「俺の名前はウィルム。君は？」

「私はエリノアと申します」

これを皮切りに、他のメンバーとエリノアと自己紹介。

船の上にいるアキノとソニルが終わったら、次は岸へと移動してレメット、ミミュー、リディアと挨拶を進める。

まだあどけなさが残る彼女は、人間でいうところの十四か五歳くらいか。言葉遣いがしっかりしているので、身分の良い出身なのかもしれない。

ともかく、詳細な事情を聞くため、人魚族の少女エリノアを連れてさっきまで調べていた岩場へと向かう。その際、巨体のクラーケンは目立ってしまうため、そのまま沖で待機をしてもらうことに。

最初、クラーケンは抵抗をしていた。

彼（彼女？）に与えられた使命はエリノアを守ることらしいが、そのエリノア自身から「大丈夫だから」と声をかけられ、渋々その場へとどまる。

改めて、俺たちは彼女から詳しい話を聞いた。

「ありがとうございます、お話を聞いてくださって」

「気にしないでくれ。俺たちも君と話したかったんだ」

「私と？」

「怪我の治り具合とか、ね？」

昨日、クラフトスキルで作った包帯は未だにエリノアの腕に巻かれていた。彼女はその包帯にそっと手を当てながら、少し悲しげな表情を浮かべる。

「……人間にやられたのか？」

俺がそう尋ねると、エリノアは間髪容れずに首を横へと振った。

よかった、とたまらず安堵のため息が漏れる。もし、人間の誰かに傷つけられたとなったらややこしい事態に発展していたかもしれない。それこそ、人間対人魚族の全面戦争なんて事態もあり得たからな。

ただ、エリノアはそれを否定した。

とりあえず、最悪のケースは免《まぬが》れたのだ。

「じゃあ、誰に傷つけられたのですか？　私たちに助けを求めに来たことと関係があるようにお見受けしますが」

ズバッと切り込んだレメット。

いずれ聞かなくちゃいけない話ではあるけど、随分思いきったな。

エリノアはしばらく黙っていたが、覚悟を決めて驚くべき事実を口にする。

「実は……私たちの暮らす人魚族の国がとんでもない事態に陥ったんです」

「と、とんでもない事態？」

人魚族の国。

何度かその存在を耳にした――というか、俺も一度そこへ行こうとしていた。

ただ、ハバート近海ではなくもっと別の場所だけど。

その場所は深海にあるため、実際に訪れるには水中でも活動可能になる魔道具が必要不可欠となる。それについては調達できたのだが……残念ながら入国の許可が下りずに断念したという経緯があった。

それからも、新しい営業の場として何度か入国を試みたのだが、一度も叶うことなく俺はバーネット商会を追われたのだ。

商会時代に訪れていた人魚族の国とは別物ではあるが、まさかこのような形でまた名前を聞くなんて夢にも思っていなかったよ。

「君の言うとんでもない事態っていうのは、一体何なんだい？」

「人魚族の国で反乱が起きたんです」

「は、反乱だって⁉」

これまた予想外すぎる話が飛びだしたぞ。

「反乱……何かの間違いじゃないのか？」

「いいえ、違います。それどころか、王都一帯は反乱軍によって制圧され、王城は占拠されています」

キッパリと言いきったが……うん。エリノアは嘘をついていない。そう確信できるくらいに淀みのない、澄んだ瞳だった。

彼女の話を信じるか信じないか、その判断材料はもっと欲しい。なので、俺はさらに質問をしてみる。

「反乱が起きた原因について、何か分かるか？」

「……現国王が、人間との接触を試みようとしたことだと思います」

「人間との？」

獣人族やエルフ族といったあたりはもう長い付き合いになるけど、人魚族とはほとんど接点がなかった。生活環境が違いすぎるという理由はあったが、それ以上になんとなくお互い避けているような、微妙な空気があったからだ。

しかし、今の人魚族の王は違う考えを持っているらしい。

「この海に暮らす私たち人魚族は、少しずつ人口が減少しているんです」

「人口減少……子どもが生まれなくなった、と？」

「はい。その通りです」

いわゆる少子高齢化だな。

前世でも似たような問題が連日報道されていた時期があったけど、こっちでも人魚族の間では社会問題になっているらしい。

「ずっと対策を練っていたらしいのですが、あまり効果はなくて」

話しているうちにだんだん暗くなっていくエリノア。

彼女は振り絞るようにして、今回のクーデターにおける最大の原因を語り始めた。

「ある日、別の国から来た人魚から聞いた話なのですが、ここから遠く離れた海に暮らす人魚族は最近になって人間との交流を本格的に始めたらしく、それが成功して発展を遂げようとしていました」

「他種族との交流は昔から盛んだけど、生活環境が違いすぎる人魚族とそこまで深く交流している国は珍しいな」

よほど国王がヤリ手なのか。

とにもかくにも先見の明があるな。

「現国王の耳にもその話は届き、年々数を減らしている自国の人魚族のため、新しい道を模索し始めていたのです」

なるほど。

よその成功例を参考に、自分たちの国でもそれを実行しようとしたわけか。

自国を発展させるために柔軟な思考ができる国王らしいけど……それをよく思わない過激な連中もいたというわけか。

「差し詰め、クーデターを起こしたのは……人魚族は人魚族だけで繁栄していくべきだとする純血主義者たちってところか」

「ま、まさにその通りです」

「やっぱりな」

この手のタイプは同じ人間で何度も見てきた。

自分たちこそが優れていると信じて疑わず、逆らう者は力でねじ伏せる。たとえば独裁国家ってヤツだな。まあ、そういうのって大概うまくいかず、勝手に滅んでいくのが常ではあるのだけれど、絡まれた方は迷惑この上ないよな。

おまけにそれが国家レベルとなったらもう最悪だ。

「私はなんとかこの危機を救おうと助けを求めてあの子と一緒に……」

エリノアの言うあの子とはさっきのクラーケンだろう。

しかし、あれだけの巨体ならば反乱軍相手に戦えそうなものだが。

「あのクラーケンは反抗しなかったのか？」

「彼らはとても優れた武器をたくさん持っていました。海中では手に入らない、人が使うような高性能な物ばかりを一体どこで手に入れたのか……」

「人が使う武器？」

おいおい……嫌な予感がするな。まさかとは思うけど、ガウリー大臣に反抗するどっかの商会が混乱を招くために反乱軍へ武器を売ったんじゃないだろうな。もしそうだとしたらこれは大問題だぞ。

「でも、反乱軍の狙いはそれだけじゃないんです」

「ま、まだあるのか？」

「反乱軍は……人間たちを海中へと引きずり込み、奴隷《どれい》として扱うべきだと主張しているんです」

「そ、それはかなり過激ですね」

レメットをはじめ、女性陣はドン引きしていた。ただ、海中では人間を奴隷にしても意味はないと思うのだが……まあ、何か策があってのことなのだろう。

しかし、これはもう俺の手に余る案件だ。ガウリー大臣やフロイド様にも報告し、一刻も早く本格的に動きださなくてはいけないぞ。

「それが真実だとするなら、すぐに手を打たないといけませんね」

「あぁ……」

レメットも事の重大さを理解しているようだ。

さまざまな妨害を撥《は》ねのけて、ようやく実った条約改正。ガウリー大臣が命を懸けて成し遂げたこの改正により、メルキス王国は他国との貿易に積極的となる——が、人魚族が商船を襲う計画を立てているとするなら……すべてが台無しになる。

「なんとしても、その計画を阻止しないとな」

俺たちの考えは一致していた。

今回もまた、戦闘力に特化したアキノ、ソニル、リディアの三人に頼ることとなるだろう。

エリノアの話では、クーデターを起こした反乱軍の数はそれほど多くないらしい。

この三人に、魔法のスペシャリストであるミミューが加われば、反乱軍の動きを封じ込めることができるかもしれない。

厄介なのは……目的地が人魚族の国という点。

国家相手となれば、俺たちが軽々に関わっていい問題じゃない。おまけに、今回の場合は種族が違う。人間同士のケース以上に扱いがガラス細工並みにデリケートなものとなるのだ。

なので、まずは報告を最優先にさせよう。

あともうひとつ気になっている点があって……それは人間である俺たちがどうやって海底にある人魚族の国へ行くかという問題だ。

水中での活動ができない俺たちでは、彼女の助けてほしいという願いを叶えてあげられないのではないか。水中で活動するための魔道具を手に入れるとしても時間がかかる。

「場所が海底となると……どうしたらいいのかお手上げだな」

これぱっかりはクラフトスキルでも解決しようがない――と、思っていたら、

「ふっふーん！」

なぜか得意顔を見せるミミュー。

何やら秘策があるらしい。

「ミミュー、何か考えがあるのか？」

「この問題を解決する方法がひとつあるんですよ」

「ほ、本当か⁉」

彼女がここまで自信ありげに話すということは、その解決策は魔法を使ったものだろうと推測できる。

さすがは魔女の娘。

期待して待っていると、ミミューは俺を見てニッコリと微笑んだ。

「私とウィルムさんの持つ神杖リスティックの力があれば、水中で活動できる魔法が扱えるはずです」

「お、俺が？　というか、そんな魔法があるのか？」

「はい！」

元気いっぱいに答えるミミュー。

神杖リスティック――確かに、あれならばそういった類《たぐい》の魔法も自在に扱えるだろう。

だが、それはあくまでも使い手が一流であった場合の話だ。魔法使いとしてはまだまだ三流以下である俺に、果たしてそんなとんでもない魔法が扱えるのだろうか。

正直言って、自信はない。

でも、水中での活動を可能にする魔法まであるとは知らなかった。それが分かっただけでもミミューがいてくれてよかったと思えるよ。

――だが、ミミュー本人は自信なさげな俺の反応に不服そうだった。

「ウィルムさんは毎日魔法の特訓を頑張っているじゃないですか」

「そ、それはそうだけど……」

「大丈夫です。きっとうまくいきます。私もサポートしますから、一緒にやってみましょう」

「ミミュー……」

初めて出会った時に比べて前向きになったし、なんだか強気になったな。これはいい傾向だぞ。なんだか、俺もその自信に乗っかっていける気がするよ。

クーデターを起こした反乱軍を制圧しようとまでは思わないが、人魚族の国へ出向いて様子をうかがう斥候兵の役割くらいはできるだろう。

「それなら、早速戻ってリスティックを持ってこよう。あと、エリノア」

「はい？」

「君を追っている者がいるんだろう？」

「え、えぇ」

「それなら、君をかくまえるようにマーカム町長に話してくるよ」

「い、いいんですか？」

「もちろんだ」

彼女がいてくれなかったら、この情報を知り得なかったからな。連中が動きだしてからでは手遅れだった……メルキスの信用は地に落ちていただろう。

お礼代わりというわけでもないけど、彼女の安全はしっかり保障しないとな。

「で、でも、人魚族である彼女をどうやってかくまうと？」

アキノの疑問はもっともだ。海中でのみしか活動できないエリノアを救うためには、地上へ上げるしかないのだが――当然、対策は考えてある。

「心配は無用だ」

「それも魔法で解決する、と？」

「いや……こっちはクラフトスキルだ」

「ク、クラフトスキルで？」

これにはさすがに他のみんなも「どうやって？」と疑問に感じているようだ。

「とりあえず、俺は必要な素材を集める。アキノとリディアにもこちらに協力をしてもらいたい」

「もちろん構いません」

「あ、あの、私とソニルとミミューは？」

名前を呼ばれなかった者の代表としてレメットがピョンピョンと跳ねながら主張する。

「君たちはすぐにマーカム町長の屋敷に向かってもらって、エリノアと人魚族の国で起きたクーデターの件を伝えてきてもらいたい」

「わ、分かりました」

「おっと、それからこれを忘れるところだった」

「？　なんでしょうか？」

俺はレメットにマーカム町長へのある「お願い」を話した。

「そ、それをマーカム町長に用意してもらえばいいのですね？」

「ああ、頼む。それがすべて整えば、エリノアが反乱軍に狙われることはなくなる」

自信満々に断言する俺とは対照的に、レメットは「本当かなぁ」と半信半疑といった顔をしつつ、屋敷を目指してソニルとミミューを連れ、歩きだした。

三人を見送ると、今度はアキノとリディアへと向き直る。

「じゃあ、ふたりはこれから俺が言う素材をこの岩場近辺を中心に探してもらいたい」

「わ、分かりました……」

「必ず見つけだします」

「頼んだぞ。――あっ、エリノアはこれからのことをクラーケンに話してきてくれ」

「は、はい」

エリノアは海中へ潜ると、沖で待機しているクラーケンのもとへ。悪いヤツじゃないっていうのは分かったけど、外見のインパクトが強すぎて初見の人にいらぬ誤解を与えてしまう可能性ががあった。

なので、しばらく大人しくしていてもらわないと。

ひとまずこれで全員に指示を出し終えたか。

本来ならば、ルディもいてくれたらもうちょっと楽なんだけど……まあ、あっちはあっちで重要な仕事を任せてあるから、そちらに専念してもらえればいい。

「さて……これから忙しくなるぞ」

まずは素材集めだが、これもなかなか大変だ。

必要な物がすべて揃わないかもしれない――そんな懸念を抱いた直後、遠くからアキノの叫び声がした。

「ウィルム殿！　こちらへ来てください！」

かなり離れた位置まで素材探しに行ってくれたらしく、俺を呼ぶ声も大声を出しているのだろうがかなり小さく聞こえる。

ともかく、只事でないのは間違いなさそうなので、全力疾走で彼女のもとを訪れると、そこにはリディアもいて、ふたりの視線の先には古い小屋があった。

「こ、こんなところに小屋が……」

かつて漁師が使用していたものだろうか。そのボロさから、使われなくなって十年以上は経っていると思われる。夏場に起こる嵐のせいだろうか、窓ガラスは粉々に割れており、扉も大きく傾いている――が、これは俺たちにとって好都合だ。

「持ち主はなんらかの理由でこの小屋を放棄したようだな」

長らく放置しているということはつまりそうなのだろう。

念のため、周囲を警戒しつつ小屋へ近づいていき、砕け散ったガラスの破片のひとつを拾い上げる。

ガラスは、アキノとリディアにお願いして探してもらっていた素材のひとつだ。

「ガラス片なんて、一体何に使うんですかぁ？」

興味深げに尋ねてきたのはリディアだった。祖父が伝説的な鍛冶職人である影響からか、彼女も物づくりに関心があるらしい。

「これはあくまでも一部さ。まだまだ集めないといけない素材があるからな」

「でしたら、小屋の中も調べませんか？」

「本来ならば控えたいところではあるけど……今はもう利用されていないようだし、非常事態ということでやむを得ないな」

――とか言い訳したけど、実は最初から調べるつもりではいたんだよね。非常事態というのは紛れもない事実だからしょうがない。

「あと必要なのは鉄と木片なんだけど……どうかな」

「手分けして探しましょう！」

「は、はい」

そんなわけで、俺たち三人は狭い小屋を底からひっくり返すかのごとく調べまくり、その結果――

「おっ？　こいつは鉄だな」

「ウィ、ウィルムさん、この木片は使えませんか？」

「いいじゃないか！　よくやってくれたぞ、リディア」

「え、えへへ……」

なんとか残りの素材もゲットに成功する。

「幸運だったな」

「お爺ちゃんが言っていました。日頃の行いがいいと必ず運気はよくなるって」

「ほぉ……それなら、ウィルム殿の素材集めを天が助けるのも納得できる」

「いやいや、大袈裟だって、ふたりとも」

今回のケースは本当にたまたまうまくいっただけだ。

でもまあ、デニスさんがリディアに語ったという話も満更オカルトじみているとは断言できない。あるんだよなぁ、そういうのって。

逆もまた然《しか》りで、普段からいろいろぞんざいだといざという時に力を発揮できない。心構えは大事ってことだな。

ともかく、素材はすべて集まったので早速クラフトスキルを発動。

生みだしたのは――エリノアひとりなら余裕で入れる水槽だ。

「ガラスの強度は問題なさそうかな？」

試しに叩いて確認してみる。

――うん。

大丈夫そうだな。

「こいつを海水で満たせば、一時的な避難場所になる」

「確かに、これなら海中に潜む反乱軍も手が出せませんね」

「に、人魚族は陸に上がれないから効果的だと思います」

その通り。

これならば安全だろうと話し合っていたら、ちょうどエリノアが戻ってきた。クラーケンは一旦住処である深海に戻るようで、その報告を受けてからこちらの計画を説明する。

海中から出れば誰にも狙われないと理解したエリノアは、海面からちょこんと出した頭を深々と下げた。

「ありがとうございます、ウィルムさん」

「いやいやこれくらい。でも、本当に大変なのはこれからだよ」

「そ、そうですね。私の知っていることは全部お話しします。どうか……私たちの国を助けてください」

「最善を尽くすよ」

話し終えたタイミングで、今度はレメットたちがマーカム町長を連れて戻ってきた。

彼女たちの後ろには、俺が頼んでおいた人たちもついてきている。

「さすがはマーカム町長だ。これだけの短時間であんなに人を集められるなんて」

俺が町長にお願いしていたのは、ある条件を満たす人を集めてもらいたいというもの。

その条件とは……力自慢であること。

理由は、この完成した水槽を別の場所へ移動してもらうため。俺が移動した先でクラフトスキルを使ってもよかったのだが、一連の流れをエリノアへ話す際に実物を見た方がいいだろうと考え、ここで作ったのだ。

信頼関係を築くうえでこうした配慮は欠かせない。

ましてや、相手が人間とほとんど交流を持たない人魚族であるなら、こういう誠意の見せ方は大事だろう。実際、エリノアはこちらの意図をしっかり理解してくれたので、水槽への移動もスムーズに進みそうだ。

マーカム町長たちはこちらへたどり着くと、すぐにエリノアの存在に気づいた。

「に、人魚族……疑っていたわけではないのだが、まさか本当にこの辺りの海で暮らしていたのか……」

初めての人魚族との対面に、マーカム町長は衝撃を受けていた。それは決して悪い意味というわけではなく、純粋な驚きから来るものだろう。

まだ俺たち以外に慣れていないエリノアは、突然増えた人間たちを前に緊張した面持ちであったが、マーカム町長がそれを察し、優しい口調で彼女に語りかける。

「私はこの一帯の町の長でマーカムという者だ」

「わ、私は人魚族のエリノアです……」

紳士的なマーカム町長の態度に、ガチガチだったエリノアの表情はゆっくりとだが確実に柔らかなものへと変わっていった。

「話は聞いた。祖国が大変な事態に陥ったと……それでも、君はこれまで交流した経験のない私たちに助けを求めてくれた。その勇気ある行動に敬意を表したい」

「い、いえ、そんな……私はみんなのために必死で……」

エリノアは顔を赤らめながら答える。

一方、俺は集まった力自慢のマッチョたちにエリノアを町へ運ぶため、水槽へ水を入れるから手伝ってほしいと伝える。

「お安い御用でさぁ！」

「やってやりますよ！」

「いくぜぇ！」

頼もしいのは頼もしいんだけど……ちょっと暑苦しいな。

しかし、彼らの熱量は本物で、息の合った連係プレーでバケツリレーを行い、あっという間に水槽を海水でいっぱいにしてしまったのだ。このチームワークはぜひとも見習いたいものだな。

それから、アキノが抱きかかえる形（お姫様だっこ）でエリノアを海から持ち上げると、水槽へと移動させる。それをマッチョマンたちが担ぎ上げた。

「お、重くないんですか!?」

「平気ですよ！」

「なんのこれしき！」

心配するエリノアを尻目に、マッチョマンたちは町へと進み始める。その光景を眺めていたレメットがボソッとひと言。

「……なんだか、祭壇に生贄《いけにえ》を持っていくって感じですね」

「どこでそんな光景を見たんだよ」

「昔読んだ小説の挿絵に似たような光景があって」

どういう内容の小説なんだ……ちょっと気になるぞ。

——って、それはともかくとして、これでエリノアの安全は確保された。

あとは……俺たちの準備だけだ。


マッチョマンたちが担ぐ水槽はマーカム町長の屋敷の近くに配置された。

「ありがとうございました」

「いいってことよ」

「困ったらいつでも頼ってくれ」

「あんたの頼みなら協力を惜しまないぜ」

気のいいマッチョマンたちはそう告げると爽やかな笑顔を残して去っていった。彼らを見送った後、俺はエリノアへ声をかける。

「すまないな、エリノア。窮屈な思いをさせてしまって」

「とんでもないですよ」

彼女の故郷でもある海に比べたら水槽はずっと狭い。さぞ窮屈な思いをしているだろうと尋ねてみたが、当のエリノア自身はあまり気にしていないようだ。

まあ、あのまま海を逃げ回っていたらいずれ捕まっていただろうし、安全だけは確実に保障されてはいるので、ホッとしているのかもしれないな。

きっと、反乱軍の連中は今もエリノアを捜しているだろう。

ヤツラの立場からすれば、俺たち人間か、或《あ》いは他の種族がこのクーデターに絡んでくるのを一番避けたいだろう。出所不明の優れた武器を手に入れているとはいえ、数ではまだまだ少数だからな。不安の芽を摘んでおこうと躍起になっているはず。

——言い方を換えれば、倒すなら今しかないというわけだ。

とはいえ、迂闊な行動は取れない。

なので、マーカム町長とともに再び屋敷の応接室へと戻り、ここまで判明している情報を整理する。

「そ、そのような事態が……」

俺がエリノアから聞いた話をそのまま伝えると、さすがのマーカム町長も驚きを隠せないようだった。

前代未聞の出来事に遭遇し、茫然とする町長に対して俺は自分の考えを述べる。

「マーカム町長、まずは人魚族の国周辺の情報を集めるのが先決ではないでしょうか」

「そ、そりゃあ情報は少しでもほしいところではあるけど……彼女以外の人魚族を探すというのかい？　だとしたらそれは無謀《むぼう》だ。都合よくこの辺りを逃げ回っているとは限らないし、何より接触方法がない」

エリノアとの出会い自体、奇跡のような偶然の重なり合いだったからな。それが続くというご都合主義には期待しない。

「もちろん俺もそう思っています。——なので、こちらから出向いてやろうと思って」

「で、出向くって……人魚族の国へ行くつもりなのか⁉」

思わずソファから立ち上がって叫ぶマーカム町長。

彼が一体何を言いたいのか、俺には手に取るように分かったので先回りして答える。

「神杖リスティックの力を使えば、水中での活動も可能となるみたいです」

「リスティック……以前君が話していた、退職金代わりにもらったというアイテムか」

「そうです」

正直言って、まだ完璧に使いこなしているわけではないが、師匠であるミミューから太鼓判をもらっているので大丈夫だろう。

この魔法については、きっと王家に仕える魔法使いも扱えるはず。

ただ、かなり魔力消費が大きいので、仮に騎士団を人魚族の国へ派遣することとなったらそう乱発はできないだろう。だから、俺たちで作戦を立てるために必要な情報を可能な限り集めてそれを騎士団に届けようと考えたのだ。

「そ、それが可能であれば心強いが……」

最初は難色を示していたマーカム町長であったが、もはやそれしか手がないと判断し、最終的には同意してくれた。

俺たちが情報を集めている間に、アヴェルガ家やガウリー大臣にコンタクトを取って今後の対策を練るという。

「では、俺たちは明日の朝から海へ出ようと思います」

「分かった。くれぐれも無茶をしないように。――いいね？」

「もちろんですよ」

たぶん、行くなと言っても行くだろうし、だったら偵察とは言いつつもマージェリーさんの時のように無茶をするんじゃないぞというメッセージとともに念を押された。

ただ、今回の場合は相手の種族が違う。

それに、場所はアウェーとなる人魚族の国だ。

無茶をしようにもできないような状況が続くだろうと俺は予測していた。

とにかく、やるべきことは「情報を集める」の一点のみ。

他のみんなにもこの意識を徹底させ、人魚族の国へと挑む。

とりあえず、今日のところは宿に戻って明日のために休むとしよう。

第四章　クーデター

翌朝。

「いよいよか……」

窓から朝日を眺めつつ、そう呟く。

ふと視線を横へやったら、そこには相棒が肩で羽を休めていた。

「よく間に合ってくれた、ルディ。活躍に期待しているぞ」

「キーッ！」

相棒のルディが「任せろ！」と言わんばかりに翼を広げる。

例の水中でも自由に動ける魔法が使えるようになれば、海中でも偵察の役割を果たしてくれるだろう。ただ、海の底に鳥はいないので、一歩間違えば即座に疑われて警戒が厳重になるという危険性もあった。

今回に限り、ルディには頑張りの方向性を変えてもらうとしよう。

「そろそろ行くか」

朝食と身支度を整えて、みんなとの待ち合わせ場所に指定した宿屋のロビーへ向かうと、

「ウィルム殿！　私たちはいつでも出られますよ！」

すでに準備を整えた女性陣が俺を待っており、アキノが代表するように俺を見つけるとすぐにそう声をかけてきた。いつもとは逆の立場となり、ちょっと困惑する。

だが、裏を返せばみんなそれだけヤル気になっているのだ。俺も負けていられないな。

気合を入れて早速魔法を使おうと思った矢先、ソニルが静かに手を挙げた。

「ソニル？　何か気になることでもあったのか？」

「えっと……人魚族の国へ行くって話だったけど――どこにあるのか場所は分かるの？」

「その点については問題ない。案内役がいるからな」

「案内役？」

人魚族の国がどこにあり、そこまでどうやって移動するのかという疑問は他のみんなも持っていたらしい。昨日はほとんど勢いのままに偵察しに行くと決めちゃったから、そこまで説明していなかったか。

女性陣が気になっている案内役とは――

「エリノアの護衛役として海底に待機しているクラーケンだ」

「あ、あの子に頼むんですか？」

レメットが動揺するのは当然だろう。

何せ、相手はモンスターなのだから。

しかし、エリノアからの情報によると、あのクラーケンは非常に大人しく、とても賢い個体なのでこちらの言葉を理解できるという。彼女とも昔からの付き合いでずっと仲が良く、それでいて反乱軍に対して憤《いきどお》りを感じているからきっと協力してくれるはずとも語っていた。

それと、魔法の効果で水中での活動も可能になるとはいえ、地上とは勝手が違ってくる。慣れるまではうまく動けないだろうから、きっと動きも鈍くなるはず——けど、クラーケンの巨体に乗っかれば、移動時間も短縮できる。

ただ、相当な巨体であるため、間違いなく人魚族に気づかれる。

なるべく近くまで運んでもらい、そこからは自分たちで人魚族の国へ接近を試みようと考えたのだ。

というわけで、まず俺たちは海底にいるクラーケンとの接触を試みる。

第一の目標が定まったところで、いよいよ魔法のお披露目だ。

まずは神杖リスティックを手にし、それから魔法の師匠であるミミューに指示を仰ぐ。

「いつものようにリラックスして自分の魔力を感じ取ってください」

「おう」

ミミューについて驚かされるのはその知識量だ。

さまざまな魔法を巧みに扱う技術もさることながら、それに関する知識も相当なもの。これは母親から教えてもらったものもあるのだろうが、ほとんどは自ら興味関心を持って独自に調べたものだという。

彼女と出会うまで、魔法という存在に疎《うと》かった俺だが、毎日の修行の成果が少しずつ現れ始めている。これまではさっき彼女の言った「自分の魔力を感じ取る」という魔法使いにとっては呼吸に等しいほど当たり前の動作さえままならなかった――が、今ではそれがスムーズに行えるまで成長している。

しかし……こんな状態で本当に水中での活動を可能にする魔法が使えるのだろうか。

「今回ウィルムさんに覚えてもらうのは、自然界の力を借りる属性付きの魔法ではなく、いわゆる無属性魔法と呼ばれるものです」

「無属性魔法……」

聞いたことはある。

自然界の力を借りる属性魔法が攻撃主体であるのに対し、無属性魔法は一部を除いて生活や冒険の補助的な役割を担っている。今回はこちらに該当する魔法を習得する。

「習得は難しいと聞いているが、本当に俺に扱えるのか？」

「属性魔法に比べたら、確かに難しいと思いますが……それでも、リスティックが助けてくれるはずです」

リスティックが助ける、か。

工芸職人《クラフトマン》としてはもっと掘り下げたい言葉だ。

「魔道具が助けてくれるのか？」

「はい。魔法使いと魔道具は切っても切れない縁ですからね」

そう言って、ミミューは自分の持つ魔法の杖をクルクルと回す。

あの杖は……マージェリーさんの力を利用するために村へと押し入った悪党たちが、ミミューを人質として捕らえられた際に折った物だ。母親のお手製であり、ミミューとしてはとても気に入っていたらしく落胆していたが、救出してから俺のクラフトスキルによって元通りになったのだ。

彼女は魔道具が魔法使いを助けてくれると言った。道具が人を助けるというのは当然ではあるのだが、それとはちょっとニュアンスが違うようだ。

「クラフトスキルを持つウィルムさんなら、魔道具と力を合わせてこの魔法も使えるようになるはずです」

「よし……やってみるか」

魔道具と力を合わせる——ミミューが何気なく口にしたそのワードが、これまでとは異なる感覚をもたらす。

魔法とは、主に扱う人が大事だと考えていた。だから、神杖リスティックも魔法の威力を上げてくれる強化アイテム程度の認識だったけど……そうじゃないんだ。

魔法使いとしては経験の浅い俺だが、道具を扱う工芸職人《クラフトマン》歴は長い。

アイテムを作りだす時のイメージを持って魔力を練っていく。

「っ！　その調子です！　そのまま私に続いて魔力を変化させてください！」

ミミューも手応えを感じているようで、かなり興奮していた。いつもならここに到達するまでかなり時間を要するが、今日は一発でイケたからな。コツを掴めてきたようだ。

勢いのまま、俺はミミューがしているように魔力の質を変えていく。

今までなら難しくて早々に断念していたが、今日は本当に好調というか、すんなりと動けている。

イメージを変えただけでここまで上達するなんて夢みたいだ。

そうこうしているうちに、ミミューの魔法は佳境を迎える。

「えいっ！」

手にした魔法の杖で円を描くと、それはゆっくりとミミューの頭上へと上がっていき、やがてシャワーのように光が降り注ぐ——で、終了。

「これで水中でも行動できるはずです」

「ほ、本当なのか？」

外見上は何の変化も確認できないので、思わず率直な疑問を投げかけた。

「それでは実際に試してみましょう」

「ま、まあ、それが一番手っ取り早い確認方法ではあるけど——って、ミミュー!?」

話している途中で、ミミューはなんのためらいもなく海へ飛び込んでいった。

まさかの行動に騒然《そうぜん》となる俺たち。

そもそも、本当に成功しているかどうかさえ分からないのだから、もうちょっと浅瀬でやるべきだったのではないか。

今さらそんな後悔をしても遅い。

すぐに飛び込んで後を追わなくてはと思った次の瞬間、海面からミミューの顔が出てきた。

「ご覧の通り、まったく問題なく動き回れますよ」

「ビ、ビックリさせないでくれよ、ミミュー……」

成功を喜ぶより、ミミューが無事だったことにみんな安堵していた。彼女からすれば、成功しているという自信があったからこそ飛び込んだのだろうが、こちらからすると本当にヒヤッとさせられたよ。

さて、話は戻して……ミミューが言うように、さっきの魔法で酸素を気にせず海中で動き回れるのだとしたら、早速試してみるべきだ。

俺は先ほどの感覚を思い出しつつ、見様見真似《みようみまね》で無属性魔法を発動させる。

「できたじゃないですか、ウィルムさん」

「ほ、本当に……？」

ミミュー以外の四人は俺に外見上の変化が出ていないので断言できず。というか、そもそも俺自身が疑心暗鬼《ぎしんあんき》になっていた。

とりあえず、成功しているかはミミューがやったように海へダイブし、確認しよう。俺は泳げるので、失敗しても慌てる必要はない。

というわけで、試しに潜ってみると、

「うおっ⁉」

その変化にたまらず変な声が出た。

息苦しさを一切感じず、それでいて上に下にと自由に移動可能。これまで自分が経験してきた水中という概念が根底から覆ったようだ。

「凄いな！　まさかここまでとは！」

「そ、そんなに凄いんですか？　具体的にどんなところが？」

経過を見守っていたレメットは好奇心をかなり刺激されたらしく、頬を紅潮させながら俺に詳しい感想を尋ねる。

俺としてもそれに答えてやりたいのだが……これぱっかりはとにかくレメット本人に体験してもらいたい。なんて表現したらよいのか、適切なたとえが見つからなくて困ってしまう。

というか、どうせこの後みんな海へ入るのだからそんなことを気にしても仕方がないじゃないか。

気を取り直して、俺とミミューは分かれてメンバーに例の魔法をかけていく。

外見はおろか、中身もこれといって変化を感じられないので逆に「これでいいのか？」という困惑が生まれているようだ。だが、すでに効果は証明済み。

この魔法によって水中でも地上のように行動が可能となった今回、戦闘力として人魚族の国へ同行してもらうのはアキノ、リディア、ソニル、そして新加入のミミューでバッチリ――

「私も同行します！」

と、まだメンバーを発表する前からいつになく強気で前に出るレメット。

「いや、しかし――」

「一緒に修行しているウィルムさんなら、私の魔法がどれほど上達したかはご存じのはず……自分

の身は自分で守れるくらいのレベルには達しましたし、回復魔法も覚えました」

レメットは涙目で訴えてくる。

どうやら、俺が思っている以上に前の魔女救出作戦の際に置いていかれたのが響いているようだな。

「みなさんのお邪魔にならないよう細心の注意を払って行動します……」

「ぐっ……」

この遠征に関しても、レメットには宿で待機していてもらうつもりだった——ただ、実際レメットはこの短期間で大きく成長している。

アヴェルガ家の屋敷にいた頃から、家庭教師に魔法を教わっていたらしく、知識もさることながら魔力の扱い方など基礎的な技術は身についていたというのが大きかった。ミミューの指導を俺と一緒に受けているが、正直、成長速度は俺以上だ。

……今の彼女ならば、同行しても問題はなさそうだな。

それに——実は以前、アヴェルガ家の当主であるフリード様にも「君が大丈夫だと判断したら、レメットをいろんなところへ連れだしてほしい」とお願いされていた。

彼女は次期当主として、いずれ村を出なければならない。

もちろん、それが今生《こんじょう》の別れになるわけじゃないが、これまでのような付き合いはできなくなるだろう。

もしかしたら……レメットはそれに薄々気づいているのかもな。

それで、少しでも長い時間、俺たちと行動したいと願い、魔法をとんでもないスピードでマスターしていったのか。

今の必死な眼差しを見ていると、だんだんそう思えてきたよ。

――となれば、断るわけにはいかない。

「……分かったよ、レメット。一緒に行こう」

「っ！　は、はい！」

嬉しそうに返事をすると、レメットは他のメンバーとハイタッチ。そこまで喜ぶのなら同行を許可してよかったと思える――が、ピクニックに行くわけではないので、そのあたりをしっかり肝に銘じて行動をするよう言っておかないと。

俺たちの役割はズバリ偵察。

今回の人魚族の騒動に関して、そろそろメルキス王国でも対応に向けて本格的な動きがチラホラと見え始めるはずだ。

特に、ガウリー大臣は気が気じゃないだろう。

さまざまな妨害を撥ねのけてようやく実現した条約の改正――それが今回の一件で丸ごと水泡に

帰す可能性が出てきたのだ。そうなれば、国家の威信をかけて乗り越えようとしてくるはず……騎士団の動きも活発になってくるはずだ。

俺たちが人魚族の国へ偵察に向かう今日、港町ハバートの町長であるマーカムさんはアヴェルガ家当主のフリード様と今回の件について話し合うらしい。

焦点となっているのは、やはり相手が人魚族ってところだろうな。

マージェリーさんの事件では悪党たちを相手にしていたに過ぎないが、今回は種族が違う国が相手になるかもしれない。そう考えると、大臣たちの対応はどうしても慎重にならざるを得ない。すぐにでも動きを見せなければならないが、諸々の事情で行動を起こすにも時間を要するというわけだ。

その点、国家機関に属さない俺たちは比較的自由に動きだせる。この偵察が何かの手助けになればよいのだが……と、考えを巡らせているうちに全員に魔法をかけ終わる。

「さあ、いくぞ」

掛け声とともに、今度は俺とミミューだけでなく全員一斉に海へと飛び込んだ。

◇◇◇

海の中はまさに別世界。

色とりどりの魚やいびつな形をした珊瑚《さんご》たち――当たり前の話だけど、地上とは何もかも違う風景に見入ってしまう。泳ぐことはあってもじっくり周りを観察するように歩く経験はないため、とても興味深かったが……なるほど。雄大かつ幻想的で、まさに絶景と評して問題がないな。

「凄い！　とっても綺麗！」

「リ、リゾート地の海というのもあって美しいですねぇ……」

ソニルとリディアの声もしっかり聞こえる。

普通、海の中だと相手の声は聞こえないものだが……これも魔法による効果か。

全員が未知の光景に目を奪われているが、大事な役目を持ってこの海に来たのを忘れてはならない。

「エリノアの話では、陸からそれほど離れていない場所にクラーケンがいるらしい。合流を急ごう」

忙《せわ》しなく首を動かしている女性陣にそう声をかけて前進を開始。

クラーケンは微量ながら魔力を有しているため、ミミューが探知魔法を使用してより詳細な居場所を特定していく。

これにより、沈没船の中で身を潜《ひそ》めていたクラーケンと再会できた。

「やあ、久しぶり――と言っても、たった一日だけか」

どうやらクラーケンも俺の顔を覚えていたらしく、最初は大勢の人間が海中を歩いて近づいたものだから動揺していたが、すぐに落ち着いてこちらの話を聞いてくれた。

「俺たちは人魚族の国を救いたい。そのためには少しでも多くの情報が必要なんだ。危険を承知で頼むが……俺たちを君たちの国へ案内してもらいたい」

こちらの訴えに対し、クラーケンは熟考。

しばらくすると、沈没船から出てきて俺たちのもとへやってくる。まるで「背中に乗れ」と言われているような気がした。

「案内してくれるのか？」

そう問いかけると、クラーケンは体を小さく上下に振った。その仕草は頷いているように映る。

「やってくれるみたいだな」

「ありがとうございます、クラーケンさん」

レメットが感謝の気持ちを伝えると、クラーケンは目を細めた。どうやら、喜んでくれているみたいだな。

俺たちはクラーケンに乗り、人魚族の国のすぐ近くまで送ってもらうことにした。

これなら最短時間で目的地にたどり着けるだろう。

ただ、エリノアの話ではクーデター発生から間もない。まだまだ周辺では緊張状態が続いており、治安もかなり不安定となっていると予測される。そこへ、事情を知らない人間である俺たちが向かうのだから十分に警戒をしていく必要があるな。

あと、地上の常識は海中だと通用しない――それを努々《ゆめゆめ》忘れないようにしなくては。

「それにしても……一体どんな連中なのでしょうか」

今後の動きを脳内で整理していると、アキノがそんなことを口にする。

「人間との仲が良好といえなくても、同じ種族同士でならもっと平和的な解決方法があったはずなのに……」

「やはり、人間絡みという内容が問題あったんだろうな」

人魚族だけでの暮らしに限界がきて、新たな道を模索し――国王がたどり着いたのが人間をはじめとする他種族との共存であった。

エリノアの話ではほとんどの国民がこの決断に賛同していたらしいのだが、中には反対派もいたようで、そいつらが反乱軍を組織してクーデターを起こしたという流れであった。

恐らく、反対派が掲げている人間奴隷化計画……これを実現させる機会を狙っていたんじゃないかな。人間と友好関係を結ばれてはそれも叶わないと判断し、強硬策に打って出た……ちょっと考えすぎか。

でも、奴隷化をしようとしているのは間違いない。当然ながら、人間側がそのような行いを看過するはずもなく、実際にそのような事実が確認されれば、人魚族との戦いは避けられなくなるし、友好関係構築は絶望的だ。

そうなる前に、俺たちで可能な限りに情報を集める。

戦いは、人魚族の正規軍に任せたいところだが……今回も下手をしたらその戦闘に巻き込まれるかもしれない。

こちらとしてはその覚悟はできている。不測の事態が起きても、対応していけるように準備は整えていた。まあ、この場に居合わせているメンツであれば真正面から戦っても反乱軍を撃退できる可能性は高い。

——ただ、ひとつ気になることがあった。

「人魚族の国には国軍による正規の防衛団があると聞いていましたが……なぜ反乱軍に屈してしまったのでしょうか」

リディアの疑問はまさに俺の抱く疑問そのままだった。

エリノア曰く、反乱軍の規模自体はそこまで大きくないらしい。

それでも、なぜか人魚族の防衛団は手も足もでず、城は制圧されたという。だから、エリノアや他の国民も一報を聞いた時はとても驚いたという。それくらい、本来であれば反乱軍と防衛団には大きな戦力差があったのだ。

この事実から、俺はある仮説を立てた。

「恐らくだが、人魚族の国が反乱軍に逆らえない状況になっていたんじゃないかな」

「と、言うと？」

レメットの言葉に合わせて、全員の視線がこちらへと向けられる。

「あくまでも俺の想像に過ぎないけど、たとえば王家の誰かが人質《ひとじち》に取られていた、とか？」

「人質ですか……確かに、ここまで発覚している情報を整理すると、その可能性は高そうですね」

「数も実力も勝っている防衛団が何もしていないというのは不自然ですものねぇ……」

アキノとリディアも反乱軍の思う通りに事態が進行している今の状況を不審に感じているようだ。

「でも、防衛団がこのまま無抵抗であり続けるというのは考えづらいですね。きっと反撃のチャンスをうかがっているはずです」

今度はレメットが熱く語る。

名のある貴族として騎士団とも交流のある彼女からすれば、国の平穏を与《あずか》る組織が何もせず黙って見ているとは思えないらしい。

それについては俺も同感だ。

「レメットの言う通り……きっと人魚の国の兵士たちは逆転の機会を虎視眈々《こしたんたん》と狙っているはずだ。それだけは頭の片隅に置いて――」

「ウィルム！」

話の途中でソニルが俺の名を叫ぶ。

「ソニル、敵に気づかれるかもしれないからもうちょっと小声で頼むよ」

「あっ、ごめんなさい……この子がもうすぐ目的の場所に到着するって」

「そうか。――って、ソニルはクラーケンの言葉が分かるのか⁉」

小声で話してくれと言った矢先に俺が大声をあげてしまった。

獣人族であるソニルは動物との会話が可能なのは以前から知っていたが、クラーケンとも話せるというのは初耳だった。

「今まで喋《しゃべ》ったことはなかったけど、なんとなく話せるようになっちゃったみたい」

無邪気に笑いながら答えるソニル。

……天性の素質っていうヤツなのかな。

「驚いたよ。まさか動物だけでなくモンスターである彼と言葉を交わせるなんて」

「それは違うよ」

「違う？」

「この子は女の子だから『彼女』だよ」

「そ、そうだったのか……」

クラーケンの思わぬ新情報が追加されたところで、いよいよ目的地付近に到着したのだった。

◇　◇　◇

周囲にはまだ変わった様子はない——が、遠くにわずかだが光が見えた。たぶんあそこが人魚族の国の王都なのだろうが……ここは海の底であり、太陽の光があまり届かないので薄暗いのになぜあの場所だけ明るいのか。

「凄い……まるで海の底に太陽があるみたい」

何気なく口走ったレメットの感想。

それはとても良いたとえだなと思えた。

ここへ来た目的が観光だったら、のんびりと見て回りたいのだが、そんな悠長《ゆうちょう》なことはしていられない。けど、今の俺たちの目的はあくまでも情報収集。それを念頭に置き、クラーケンと別れて王都への接近を試みる。

土地勘は皆無なので、道に迷わないよう身軽で小回りの利くルディに先行してもらう。何か気づいたことがあるならすぐに報告するよう伝えておいた。

ルディは使命感に燃え、張り切って羽を広げる。

海中を飛ぶって表現が適切なのかどうかって議論はこの際なしにして、とにかくルディには細心の注意を払って案内役をしてもらう。

「この辺りにはまだ反乱軍の姿は見えませんね」

「油断するなよ、ミミュー。近くにいなくても、これから近づいていくといずれ必ずヤツらの警戒圏内に入る……明確にそれが分からない以上、常に気を張っておかなくちゃいけないからな」

「そ、そうですね。注意します」

ミミューは両手で口をふさぐも、息苦しくなってすぐに断念。素直というか可愛らしいというか、ともかく彼女のそんな仕草で張りつめていた空気がいい意味で和らぐ。

王都の光が徐々に近づきつつあっても、周辺に反乱軍の姿はなかった。向こうとしても、まさか地上の人間が海底にある人魚族の国に近づいているとは思ってもいないだろう。

だからといって、さっきミミューにも伝えたが油断するわけにはいかない。警戒されているよりかは幾分か隙も生まれやすいはずだ。

周りに注意を払いながら進むと——ついに王都のすぐそばまで近づけた。

しかし、さすがにここまで来ると相手も警戒をしているようで、王都内へと入る門前には武装した人魚族の兵士三人が見張りをしている。

「王都が制圧されたとなると、あそこにいるのも反乱軍なのか」

「どうします？　――蹴散らしますか？」

アキノが物騒な提案をしてきた。

彼女は大陸内でも屈指の実力を誇る冒険者パーティー【月光《げっこう》】のメンバーであり、そのリーダーを務めるエリ・タチバナさんの娘……気配を殺し、音もなく相手を仕留めることもできるだろう。

――だが、今回はあくまでも偵察。

情報収集がメインだ。

騒動を大きくしすぎると、あとからの対処が困難になってしまう。それだけは避けなければならないので、今回は却下となった。

「し、しかし……ここからでは偵察にも限界がありますぅ」

「そうなんだよなぁ」

リディアの指摘はもっともだった。ここで引き返しては、騎士団に与えられる情報がほとんどない。そうなると、わざわざ偵察に来た意味がなくなってしまう。

なんとかして、王都内部の情報を得たいところだが……さて、どうしたものか。

悩んでいる俺たちの耳に、

「やめてください！」

突然、女性の叫び声が聞こえた。

「な、なんでしょうか……」

「あっちから聞こえたよ」

動揺しているレメットやソニルを落ち着かせつつ、叫び声の聞こえた方向へ駆けだす。岩場に身を潜めながら様子をうかがうと、そこには慌てた様子で泳ぐ人魚族の女性と、彼女を挟むように武装した人魚族の兵士ふたりがいた。

彼女が泳いできた方角からして、どうも王都から逃げだしてきたようだな。

「へへへ、どこへ行こうっていうんだ？」

「大人しくしていれば、痛い思いをしなくて済むぞ？」

「い、いや！」

兵士たちは女性の腕を掴み、無理やり岩場の陰へと引っ張り込もうとしている。あれではただのチンピラだ。

「ウィ、ウィルム殿……」

「分かっているよ」

正直、戦闘は避けたいところではあるが、この状況を放っておくわけにはいかない。それにここなら王都からも離れているし、少々騒ぎになっても大丈夫だろう。希望的観測ではあるけど、今はそれに賭けるしかなかった。

「やってくれるか、アキノ」

「その言葉を待っていました」

頷くやいなや、彼女は愛用の薙刀を手に男たちへ突っ込んでいく。それに気づいた兵士ふたりはまさかの人間登場に目を丸くして驚きつつも武器を構えた。

「うん？　なんだ、おま――ぐほっ!?」

「ど、どうしてここに人間が――どはっ!?」

ふたりの兵士は為す術《すべ》なくアキノの放つ強烈な一撃で吹っ飛ばされ、岩場へと勢いよく叩きつけられた。かなりの衝撃だったようで、どちらも白目をむいて気を失ってしまう。味方ながらおっかないな、あのパワーは。

「……私たちの出番はなかったようですね、ソニルさん」

「だね」

こちらも臨戦態勢だったリディアとソニル。

だが、アキノに一歩遅れ、結果としては彼女の独壇場になってしまった。たぶん、ふたりが同時に参加していたら――ダメだ。そこから先は考えないようにしよう。

とりあえず、ややこしくなったら困るのでふたりの兵士はミミューの拘束魔法で動きを封じてから女性のもとへと向かう。

「あ、あの、あなたたちは……」

突然乱入してきた俺たちを見て、女性は怯えるよりも目を見開いて驚いていた。

さて……どこから説明しようか。

別に包み隠さずさらけだせばいいのだが、それもまだ危うい気がしていた。女性陣は俺の判断に従うようで、黙ってこちらに視線を向けている。

「あ、あの、人間のあなたたちがどうして？　えっ？　呼吸は？」

俺がもたもたしているうちに、パニック状態となってしまった人魚族の女性。

とりあえず、まずは冷静になってもらう方が先決か。

「落ち着いて聞いてください。俺たちは確かに人間ですが、魔法で水中での活動が可能になっている状態なので問題ないんですすよ」

「ま、魔法……」

「魔法」というワードが引き金となったらしく、女性はハッと我に返った。

「あ、危ないところを助けていただき、本当にありがとうございました」

「気にしないでください」

状況が状況だけに、自己紹介は軽めに済ませて本題へと入る。

まず、人魚族の女性――ナレイクさんへ、まずは俺たちがこの海底にやってきた理由を説明した。するとと、彼女は「ど、どうして、人間のあなた方がそのことを？」と首を傾げながら言う。

それは当然の疑問だな。

というわけで、エリノアやクラーケンとの出会い、そしてここに至るまでの経緯を話していく。偶然にも、ナレイクさんはエリノアと顔見知りだったらしく、反乱軍が王都を制圧してから姿を見ていなかったのでずっと心配していたらしい。

「そうですか……あの子が無事で本当によかった……」

エリノアを保護していると聞いたナレイクさんは脱力し、涙声になっていた。よほど彼女のことが心配だったのだろう。

その後、ナレイクさんはなぜ反乱軍の連中に追われていたのか、その理由を俺たちに話してくれた。曰く、人間たちの奴隷化を推し進めようとする反乱軍は手始めにこの近くを通過する商船を襲う計画を企てているらしい。

彼女はもともと人魚族の王家に仕える使用人であり、反乱軍リーダーの話をこっそり盗み聞きしたことが原因で追われていたという。

「私も国王陛下が目指した他種族との友好関係を築く平和路線に賛成していたので、彼らの企《たくら》みが実行されたら取り返しのつかない事態になると思って……」

　商船を襲う、か。

　もしこれが実行されてしまえば、人間側の人魚族に対する印象は最悪なものとなる。仮に、このあとでヤツらを捕らえ、人魚族の国に平穏が戻ったとしても、ナレイクさんが危惧しているように友好関係の構築は困難になるだろう。

　なんとしても反乱軍による商船の襲撃を阻止しなければならない。

「ナレイクさん、連中はいつ頃それを実行するのか、具体的な時期を話してはいませんでしたか？」

「わ、分かりません。ただ、反乱軍の中でも商船襲撃に関しては時期尚早《しょうそう》とする意見もあるらしく、すぐに動きだすような雰囲気ではありませんでした」

「それだけ分かれば十分ですよ」

　少しくらいの猶予はありそうだが……メルキス王国側の対応が決定するまでこのまま放置しては帰れない。俺だけじゃなく、この場にいる全員が同じ気持ちだったようだ。

「どうやら、偵察だけでは済みそうにありませんね」

「ウィルム殿、やるしかありませんよ」

「うん！　あたしたちで反乱軍をなんとかしよう！」

「こ、このままではまずいですからねぇ……」

「私も魔法でお手伝いします！」

「みんな……」

ひとり残らず闘志満々って顔つきをしていた。実に頼もしい限りだが、やはり戦闘は避けたい。

「心意気は受け取った。俺も今の話を聞いて決心がついたよ。ただ、戦闘行為はなるべく避けていく。これだけは徹底していこう」

あくまでも戦闘は最終手段だ。

相手の手の内がハッキリとするまでは穏便に物事を運んでいくとしよう。

俺たちが若いという点で、最初は反乱軍と渡り合えるかどうか心配していたナレイクさんだったが、兵士ふたりを瞬時に撃退したアキノの実力を目の当たりにし、同行しているソニルとリディアが彼女と同じくらいの実力を有していると教えたら考えがガラッと変わる。

おまけに、魔法のスペシャリストであるミミューとまだ駆けだしではあるが魔法を扱えるレメットの存在も大きい。

ヤツらと戦うつもりはないが、これだけの小数戦力でもいざとなれば十分反乱軍と対等以上に戦える――彼女もそれについて理解を示してくれた。


というわけで、俺たちは反乱軍が陣取っている王都中心部にある城を目指すことにしたのだが、その前に先ほど浮かんだ質問について彼女に尋ねてみた。

「人魚族の暮らす王国には、防衛組織のようなものはあるんですよね？」

「それはありますが……彼らは反乱軍に手が出せない状況なんです」

「なぜです？」

「国王様の娘であるディアーヌ姫様が反乱軍に捕らえられているからです」

「っ！　やはり……王家の人間が人質になっていたか」

嫌な予感が的中した。

どのみち真正面から突っ込んでいくつもりはなかったけど、これでヤツらの商船襲撃を防ぐ前に、まずはそのディアーヌ姫様を救いだすことに専念しなければならなくなった。

それとは別に、この事態を一刻も早くガウリー大臣へ知らせようと、俺はルディを地上へ送りだすことにした。

「ルディ、悪いがまた伝言役を頼めるか？」

「キーッ！」

ガウリー大臣に状況を理解してもらい、最悪の事態を想定してハバート近海に商船が近づかないよう通達を出してもらわなくてはいけない。すべての商船の動きを把握して止めるというのはほぼ不可能だろうが……それでも、可能な限り対処してもらうしかないな。

もちろん、俺たちがここでなんとか食い止めればいいのだが、確実にそれができるという保証もないしな。

メッセージを託したルディを送りだすと、ナレイクさんにも協力を仰ぐ。

……せっかくうまくいった条約改正をここで台無しにするわけにはいかない。

人魚族の王都へ戻り、まずはディアーヌ姫様を助けだす作戦を練ろう。

「彼らは今どこにいるんですか？」

「幹部クラスは城にいて、先ほど話した商船襲撃の作戦を立てていて、それ以外の兵士は王都の周りを見回っているようです。国民たちもおかしな動きを察知したら姫様を殺すと脅されているため、家の中で大人しくしています」

国民もなんとか姫に危害が加えられないようにしているんだな。その事実からも、姫様が民から愛されていると伝わる。

だが、そうなるとやはりお姫様を救いだすのが最優先か。

そうなれば、俺たちが戦わなくても人魚族の国の防衛団が動きだせるはずだ。

「王都内の状況は大体把握できた……それを考慮して、一度じっくり考える必要がありそうだな」

「でしたら、私の村へ来ませんか？」

「村？」

ナレイクさんの話によると、ここから少し離れた場所に彼女の実家があるらしい。村人は十人くらいしかおらず、しかも全員が高齢者ということで近々王都への移住を考えているそうなので、反乱軍も相手にはしないだろうと教えてくれた。

……正直、迷っていた。

時間がないのは百も承知だが、かといって具体的な策も練らずに突っ込んでいくのは危険極まりない。

それと、海中には地上ほどしっかりした時間感覚がない。暗くなってきたら仕事を切り上げ、明るくなったら起きる。そういうライフスタイルらしかった。なので、今が具体的に何時なのかを知る術はないが、辺りが暗くなり始めているので地上は夕方くらいになるのか。だとすると、ここらで休息は必要か。

魔法で自由に動けるとはいえ、みんなには初めての経験だし、何よりまったく知らない場所でおまけに味方も他にいない緊迫した状況が続いていた。戦闘はあったが、取るに足らない相手だったし、実際アキノは無傷。これだけならば特に問題はなさそうなのだが……みんな、表に出さないだけで精神的にかなり疲労がたまっているようだ。

「どうでしょうか？」

「……あなたの心遣いに感謝します。村へ案内してください」

俺は休養が必要と判断し、ナレイクさんの提案に乗った。

◇　◇　◇

ナレイクさんの故郷だという村は三十分ほど泳いだ場所にあった。

その移動中、人魚族の国は俺たちにとっては完全にアウェー。作戦を立てようにもとにかく情報が足りなかったのだ。そこで、どんな些細な情報でもいいからと彼女からさまざまな話を聞いた。これが後々攻略の大きなヒントになるかもしれないからな。

村にある家屋は全部で五つ。

すべてが石造りであり、人間の家とそれほど変わった点はないようだ。

「お母さん、ただいま」

「えっ？　ナレイク？」

いきなりの里帰りだけでなく、人間を連れてきておまけに王都ではクーデターが起きたという信じられない情報の目白押しに村のお年寄りたちは騒然となった。

「なんということを……」

「過激な言動を繰り返している若い連中がいるという話は聞いていたが、まさかそんな大それたマネをするなんて……」

「これはワシらの住む国にとって最大の危機じゃ！」

争いとは無縁で、ずっと平和だったという人魚族の国に降りかかった悲劇。村のお年寄りたちも経験がないので知識の出しようがないらしく、ずっと国の未来を憂《うれ》いて嘆いていた。

さらに不安なのはディアーヌ姫が人質として囚われているという衝撃の事実であった。

「姫様……大丈夫かしら」

「交渉の際には必要不可欠となるから傷つけたりはしないと思うが……」

「心配じゃのぅ」

やはり姫様は相当人気があるようだ。村人たち全員が心からディアーヌ姫の安否《あんぴ》を気にかけている。

そこで、俺がみんなの代表として村人たちにここまでやってきた理由を告げる。最初は初めて見る人間の俺たちに疑いを持っている者もいたのだが、反乱軍から助けてもらったというナレイクさんの証言により信頼を得られた。

特に村長さんは姫様救出のために力を貸したいと言ってくれて、夜を過ごすための部屋と食事を用意してくれるという。

さらに、王家の使用人をしているというナレイクさんからある情報がもたらされた。

「あなたたちを信じて、ある情報を教えておきます」

「情報？」

「王都へ向かうのでしたら、この近くに城へと続く隠し通路があるんです」

「ほ、本当ですか⁉」

「はい。これを教えるのは迷ったのですが……ディアーヌ姫様を助けられるのはあなたたちしかいませんから」

彼女からすれば、そもそも人間と接すること自体これが初めてのはず。そんな俺たちに城内へ侵入できる隠し通路を教えるのは勇気がいるだろう。

だが、それでも彼女は俺たちを信じて秘密の通路を教えてくれるという。その覚悟を受けとめる以上は、必ず成果を出さなくてはいけないな。

「ありがとうございます。明日、案内していただけますか？」

「もちろんですよ」

ナレイクさんは微笑みながら答えてくれた。その表情に緊張感や強張りは感じない。まだ出会って間もないのだが、きっと普段の彼女はこんなふうに笑うんだろうなって想像できるくらいリラックスしているみたいだ。

「そうと決まったら今日は豪勢な食事でおもてなしをしないとな！」

話を終えた直後、村長さんは興奮気味にそう話すと調理を開始した。

俺たちも何か手伝おうとしたのだが、おもてなしだからとナレイクさんに止められる。

「人魚族の食事……大変興味がありますね」

レメットをはじめ、女性陣は楽しみにしているようだけど……期待しているような魚介類は出てこないと思う――と、予想をしていたが、意外にも貝やら海老《えび》やらを使った普通においしそうな料理が次々と運ばれてきた。

水中で食事ができるのかと不安にもなったが、これが思いのほかすんなりとできる。あの魔法の効果がいかに凄いか、再確認できたな。

「さあ、どんどん食べてくれ！」

「ど、どうも」

村長さんの勢いに押されつつ料理を口にする。

「うまっ!?」

味は最高だった。

調味料は何を使っているのだろう……村長さんの話では人魚族の一般家庭で使用されている物らしいのだが、なかなかスパイシーだけど嫌な辛さじゃない。俗に言う「飽きない味」ってヤツかな。

人魚族の食事は女性陣にも大ウケで、アキノやリディアは村長さんにレシピを教えてほしいと頼むほど気に入っていた。

どうやら、さっきの伝統的調味料とやらが鍵を握っているっぽい……これは地上でも間違いなくウケるな。今回の事件が解決したら作り方を教わろう。

「……ウィルムさん？」

「えっ？　――うおっ⁉」

いきなりレメットに名前を呼ばれて顔を上げると、すぐ目の前に彼女の顔があった。もうちょっとで鼻先をかすめるところだったよ。

「ど、どうしたんだ、急に」

「『どうした』はこちらのセリフですよ。……あなたが何を考えていたか、言い当ててあげましょうか？」

「い、言い当てる？」

「ズバリ！　――『このスパイスを地上に持っていったらきっと売れるぞ』ですよね！」

「ぐっ⁉」

まさかの的中だった。

なんてことだ。あっさりと心の中を読まれてしまっては商人失格じゃないか。――って、俺はもう商人じゃないからいいんだって思いかけたけど、そもそも簡単に読まれるくらい態度に出ていたのは人としていただけない。

猛省していると、再びレメットが顔を近づけてくる。その表情はなんだか不満げというか、ご機嫌斜めと見受けられた。

「また難しい顔をして……こういう時くらいは仕事を忘れてくださいよ」

「えっ？　い、いや、しかし――」

「ほら、この貝の串焼きおいしいですよ」

満面の笑みとともに差しだされた料理をもらい、そのままパクリ。

「おっ、これもうまいな」

「ですよね！」

レメットはうんうんと満足げに頷きながら次のオススメ料理を取ってくると言ってその場を離れていった。

彼女なりに気を遣ってくれたのか。

お嬢様の成長にほっこりしつつ、いろいろと衝撃的だった海底での一日は終わりを迎えようとしていた。

第五章　ディアーヌ姫を救いだせ！

海の中で過ごす初めての夜を越え、朝霧も日差しもない不思議な朝がやってくる。

村の人たちは交代で周辺を見張っていたらしいのだが、特に変わった様子はなかったと報告してくれた。

クーデターが起きて一週間。

さすがにそろそろ動きがあってもいい頃だな。

一体何が起きようとしているのか――それを確かめるため、ナレイクさんに隠し通路の場所へと案内してもらう。

「気をつけてな」

「はい。いろいろとありがとうございました」

村長さんをはじめ、協力してくれた村の人たちに別れを告げると、俺たちは名残惜《なごりお》しみながらも村を発った。騒動が解決したら、改めてお礼に来なくちゃな。

ナレイクさんに案内され、俺たちは秘密の通路があるという場所を目指して前進を続けるものの、辺りに反乱軍の気配はない。それでも、念のため背の高い海藻に身を潜めながら、着実に目的地へと近づいていった。


「そろそろですよ」

先頭を進むナレイクさんがそう伝えてから数分後。

景色に少しずつだが変化が現れ始めた。

そこはそれまでいた場所以上に入り組んだ岩場であり、さらに背の高い海藻や色鮮やかな珊瑚がいい感じに目隠しの役割を果たして人目につきづらい状況を作りだしている。

ここでも恐れていた反乱軍の存在は確認できなかったのはありがたい。

もし、隠し通路があると把握していたら、こちらにも見張りのひとりやふたり寄越してもよさそうだが、それがないとなるとそこまでの情報は有していないようだ。或いは人手不足で配置できなかったか。いずれにせよ、俺たちにとっては追い風になる。

「それにしても凄い……まさに天然の迷路ですね」

「状況的にこう考えてしまうのは少々不謹慎なのでしょうけど……とても綺麗です。もっとゆっくり見ていたいくらい」

アキノやレメットは控えめに感想を述べる。他の三人も、見惚れているようなので口にはしないが気持ちは同じなのだろう。そう言う俺もまったく同じ印象を抱いていたんだけどね。

「先々代の国王陛下も、この複雑な地形に目をつけて隠し通路を設けたと聞いています」

「あらかじめルートを知っていなければたどり着けないでしょうからね」

ナレイクさんと俺は先頭を進みつつ、ずっと話し込んでいた。そんなふうに、海底であることを忘れてしまうくらい普段と変わらないテンションで泳いでいると、ある事実に気づく。

「あの、ちょっといいですか？」

「なんですか？」

「さっきからあまり景色に変化がなくて……隠し通路へつながる目印みたいなのってないんですか？」

とても美しい風景に魅了されていたのだが、進み続けてもそれが変わらないのだ。これは地形的な特徴らしく、ナレイクさんは特に焦っているふうでもなかった。

「ここは昔からそうなんですよ。外から見ている分にはとても綺麗なんですけど、一歩中に入ると方向感覚を失ってしまうんですよ。だから、人魚族はこの海底まで下りてくる機会はほとんどないんです」

「へぇ～」

そうか。

俺たちは地上の癖で海底を歩くように泳いでいるけど、常に泳いでいる彼女たち人魚族には「上に進む」という選択肢があるのだ。ゆえに、このように入り組んで複雑な地形となった海底まではやってこないんだ。

先々代の国王陛下が目をつけた点については理解できた。

でも、それは目的地を目指す俺たちにとってもマイナス要素となっているのではないか。分かる人には分かる目印でもあればいいのだが……ただ、少なくともこうして迷う素振りもなく進んでいるナレイクさんは分かる方の人ってわけだ。

「目的地の隠し通路まではあとどれくらいなんですか？」

「うーんと……どうでしょう？　私もどこにあるか、詳しい場所は知らないので」

「へっ？」

まさかの言葉に、思わず間の抜けた声が漏れる。

し、知らないって……じゃあ、ここまで来たのはなんのためだったんだ？

ここから手分けして探そうってこと？

訳が分からず放心状態だったその時、目の前を何かが通過した。

「うん？　なんだ、今の……」

「あっ、来てくれたみたいですね」

「来てくれた？」

ナレイクさんは俺が目撃した「何か」の正体に心当たりがあるだけでなく、むしろその存在を心待ちにしていたような反応だった。

やがて、「何か」は他のメンバーの周りにも現れ始める。

「ぬっ？」

「えっ？」

「わっ？」

「ひっ？」

「きゃっ？」

アキノ、レメット、ソニル、リディア、ミミューたちの眼前を通り過ぎたのは――わずか数センチほどの小魚の群れであった。

ひょっとして……ナレイクさんが言っていたのはこの小魚なのか？

真相を確認するために視線を彼女に送ると、こちらの意図に気づいてニコッと微笑みながら告げる。

「この子たちが隠し通路までの案内係なんです」

「や、やっぱり……」

まさかこんなに小さな案内人――いや、案内魚とは予想外だ。

小魚たちはナレイクさんと顔見知りらしく、彼女の周りに集まってきた。やがて、隠し通路の場所まで案内してもらうよう頼むと小魚たちは俺たちを導くように泳いでいく。

「城へ通じる道はここを住処にしている小魚たちしか知りません。この子たちは人の感情に敏感で、通路を悪用しようとする者たちがここに姿を見せても案内に出てきません」

「なるほど……今回のような非常事態に対処しようとしたら、これ以上ないくらいの適性を持った案内人ですね」

力で脅そうとしても、相手は小魚。素早くて小回りは利くし、おまけに周りには珊瑚や海藻もあり、彼らが隠れられる場所はたくさんある。知っていたとしても、場所を特定するのはかなり難しそうだ。

小魚たちを追っていくうちに、だんだんと周りが薄暗くなっていった。これまでよりもさらに深い場所へ足を踏み入れているため、太陽光が届かないのだろう。それでも周囲に気配りをせずとも進める理由は、発光している珍しい海藻にあった。

「光る海藻があるなんてなぁ……深海はこちらの知識を平気で上回ってくるから驚かされるよ」

「そうですか？　地上にはもっとたくさん不思議な物で溢れていると思うんですが……」

「この事件が解決したら、地上へご案内しますよ。行ける場所は限られてしまうかもしれませんが」

「ありがとうございます。楽しみにしていますね」

これでまたひとつ退けない理由ができてしまったな。


しばらく岩場を進むと、やがて小魚たちが一ヵ所に集まる。そこは急速に道幅が狭くなっており、人がひとりようやく入り込める隙間だった。この先に何かあると知らなければ、進もうとさえ思わないような道だ。

そこを通り抜けていくと、やがて道が大きく開けた――が、相変わらず大小さまざまなサイズの岩があちこちにあって進みにくい地形となっている。

ぶつからないように注意しようとしたその時、後ろからついてきていたレメットが突然「きゃあっ！」と短い悲鳴をあげながら抱きついてきた。

「ど、どうしたんだ、レメット」

「ご、ごめんなさい……急に足元が――えっ!?」

視線を落としたレメットの動きが止まる。

なんだろうと俺も下を見て衝撃を受けた。

なぜなら、足場にしていた岩が勝手に動いていたのだ。

「ど、どうなっているんだ⁉」

「安心してください。――ほら」

取り乱す俺たちを尻目に、ナレイクさんは冷静に前方を指さした。そこで、動く岩の正体を目の当たりにする。

「ヤ、ヤドカリ？」

足場に最適な岩だと思っていたが、それは巨大なヤドカリの殻だったのだ。

「ひょっとして、ここの岩場はすべて？」

「はい。彼らが移動するので地形は常に変わるんですよ」

ナレイクさんが口にした通り、ヤドカリたちが自由に動き回ることでそれまでの地形が一変する。本当に同じ場所なのかと疑いたくなるレベルだった。

だからこそ、案内役をしてくれている小魚たちがいかに大事な存在かが分かる。

彼らは全員が狭い道を抜けでたのを確認してから、巨大ヤドカリの隙間を縫ってさらに奥へと泳いでいく。

見失わないようについていくと、やがて大きな岩の前で止まった。

「こいつは本物の岩みたいですね」

地形のすべてがヤドカリの殻で形成されているわけではなく、一部には本物の岩も紛れ込んでいる。その中のひとつが、隠し通路への入口となっているようだ。

役目を終えた小魚たちが散っていった後、ナレイクさんは岩に近づき、そっと手をかけて何やら呟き始める。

すると、彼女が触れている岩が青白く発光し、やがて扉が姿を現した。

「こんな仕掛けがあったとは……」

「この場所と結界を解くための呪文を教わっている者がごく少数ですが存在しています」

「ナレイクさんがそのひとりというわけですね」

「はい。と言っても、私が教わったのはつい数ヶ月前なのですけど」

そんな人と巡り合えたのは幸運だったな。

「扉の先が城内にあるダンスホールへ続いています」

ダンスホール、か。

そこなら広いだろうし、動きやすい。ただ、反乱軍が近くにいる可能性もあるため、これまで以上に慎重さが求められるだろう。

「私があなた方にできるのはここまでです」

「ご協力に感謝します、ナレイクさん」

「そんな……ご武運を祈ります」

深々と頭を下げたナレイクさんとはここで一旦お別れとなる。彼女がいなければ、この道へたどり着けなかっただろう……そうなれば、解決にはもっと時間を要したはずだ。村長さんたちと同じく、解決したら盛大にお礼をしたいものだ。

そんな気持ちを抱きつつ、扉を開けて隠し通路へと入ろうとした——と、

「ま、待ってください」

呼び止めたのはナレイクさんだった。

「どうかしましたか？」

何か言い忘れた情報でもあったのかと思いきや、彼女は驚きの提案をする。

「やっぱり私も行きます！」

「えっ？　い、いや、でも——」

「城の内部は複雑です。ウィルムさんたちだけでは迷子になってしまうかもしれません」

「そ、それは……」

確かに、俺はそれも危惧していたが、だからといって一般人であるナレイクさんを敵のアジトと化している城へ連れていくのは抵抗があった。

「お願いします！」

困惑する俺に対し、ナレイクさんはまたしても深々と頭を下げる。命を落とす危険も伴うのだが、彼女の必死さと、何より城内の詳しい情報が知りたいというふたつの要素が俺の首を縦に振らせた。

「こちらとしても、ディアーヌ姫を捜索するのに詳細な情報を持つあなたは心強い味方になります」

「じゃ、じゃあ！」

「ですが、俺たちのそばを離れないようにしてください」

「はい！」

こうして、急遽ナレイクさんの参戦が決定。

それから改めて隠し通路へと入っていく。

◇　◇　◇

「意外と明るい……光源はさっきの光る海藻を利用しているのか」

緊急用の通路って話だから、いつでも使えるように整備はされているみたいだ。

ナレイクさん曰く、この通路はいくつかのルートに枝分かれしており、ここから進む場合は直進のみで到達できるという。王都からここまでの距離を考えると、かなり時間がかかりそうだ。

ミミューの探知魔法で隠し通路に人がいないことを確認しつつ、城へと接近。しばらくすると行き止まりになったが、足場があるのでここを登っていけということなのだろう。

俺が先頭で上がっていくと、再び行き止まりが。

しかし、これはどうも蓋になっているようで、力を入れて押すと少し浮き上がった。探知魔法で周辺に人がいないのを確認しつつも、慎重にゆっくりと蓋を開けていき、生じたわずかな隙間から外の様子をうかがう。

「どうやら……本当に誰もいないみたいだな」

安全を目で確認してから、通路を出る。広々としたダンスホールはその時期になるときっと煌《きら》びやかな装飾で満たされ、優雅なパーティーが催されているのだろう。

だが、今はシンと静まり返り、どことなく不気味ささえ覚えるほどの雰囲気だ。

周囲を警戒しつつ、全員が通路を出るまで待機し、それから昨夜も打ち合わせた今後の動きについておさらいをしておいた。

まずやらなければいけないのは……人質となっている人魚族のディアーヌ姫を救いだすことだ。

姫様の安全さえ確保できれば、王国軍の防衛団も反乱軍に対して攻撃できるようになるはず。

だが、問題はその姫様がどこに捕らえられているかという点だ。これだけは結局いい案が浮かばなかったんだよなぁ。ミミューの探知魔法では場所を探せてもそこに誰がいるのかという具体的な判別はできないし。

「さすがに城にある部屋をひとつひとつチェックしていくわけにもいかないですし……どうしたものでしょうか」

「て、手分けして捜すというのはいかがでしょう？」

「それは避けた方がよさそうだな。仮に発見できても、仲間を集められる手段もないし、他の敵に発見されず目的地へ移動するのもひと苦労だ」

「うぅ～……分かんないよぉ」

「お、落ち着いてください、ソニルさん」

レメット、リディア、アキノ、ソニル、ミミュー……全員が知恵を振り絞ってなんとか現状を打開しようと案を練る。

のんびりもしていられないし、かといって迂闊な行動もできない。

ここはやはり……ミミューの魔法に頼るしかないか。

そんなことを考えていると、ソニルの犬耳がピクッと反応した。

「だ、誰かこっちへ来るみたいだよ」

「まさか、見つかったのか？　とりあえず、あっちに隠れよう」

俺たちは迫りくる存在をやり過ごすため、広いダンスホールの隅に身を寄せ合って隠れた。

やがて、三人の武装した人魚族の兵士が入ってくる。

「おい、本当に聞こえたのか？」

「あ、あぁ……」

「だが、見てみろよ。ここには誰もいねぇだろ？」

「た、確かに……」

「ビビりすぎなんだよ。こっちは姫様を捕らえているんだ。仮に、王国軍の防衛団の誰かが潜んでいたとしても、何もできやしない」

「大体、俺たちですら姫様がどこに捕らえられているのか分かっちゃいないんだ。防衛団のヤツらが知り得るのは不可能だろ」

「そ、それもそうだな」

兵士たちはそんな会話を繰り広げてから、ダンスホールを出ていった。残念ながら、末端の兵士には姫様の居場所に関する情報が与えられていないようだ。相手はかなり用事深く、そして頭がキレるみたいだな。

しかし、これでは敵兵をひとりとっつかまえて姫様の居場所を吐かせようという作戦のひとつが通じなくなった。まあ、実行に移すよりも先にダメだと分かっただけよしとするか。

とはいえ、悠長に構えてはいられない。

ヤツらが商船を襲撃する時間は刻一刻と迫っているのだ。

ミミューの探知魔法やソニルの嗅覚でも、姫様の居場所を特定するのは難しい。

人質を捕らえて監禁しておく場所といえば……考えられるのは牢屋か。

「ナレイクさん、この城に牢屋ってありますか？」

「ち、地下の武器庫近くにありますが——あっ！」

どうやら、ナレイクさんも俺の狙いに気づいたようだ。

「捕らえた者を監禁しておく場所としてはセオリーですね」

「なら、早速地下へ行こうよ！」

「落ち着け、ふたりとも」

血気盛んなアキノとソニルを落ち着かせると、ナレイクさんから地下の牢屋へたどり着くための最短ルートを割りだしてもらう。

「ダンスホールを出て右に進むと調理場があって、その近くに地下への通路があります」

「距離は？」

「それほど遠くはありません」

「ならそれでいこう」

即決し、すぐさま行動を開始する。

まずはミミューの探知魔法で周辺を探ってもらうが、兵士たちはある一ヵ所に集まっているらしく、この近くにはいないらしい。彼らにとって注意すべきは防衛団のはず。そちらの見張りに人員を割いているのだろう。

俺たちはこの機を生かすべく、ダンスホールから抜けだすと、ナレイクさんの案内で調理場近くの地下通路を目指した。

「こちらです」

さすがはこの城でメイドをしているナレイクさん。

淀みない足運びで通路へと一直線——と、ここでトラブルが発生する。

「っ⁉　通路の周りに兵士たちが集まっています」

ミミューからの警告に、俺たちは大慌てで足を止める。廊下の曲がり角から少しだけ顔を出して確認してみると、彼女の言うように四人の武装した兵士が通路を守っていた。さっき探知魔法に反応した兵士たちが集まっている場所ってここだったのかよ。

その守りは厳重だった。

ネズミ一匹の侵入も許さないって感じだな。

ダンスホールを出た後、慎重に廊下を進んでようやくたどり着いた俺たちであったが、一旦引き下がって物陰に隠れると、そこで今後の作戦を練るため緊急会議を開く。

「さて……どうしたものか」

彼らの気を引いてあの場をガラ空きにし、その間に入り込むっていうのが理想的な展開ではあるが……まあ、そう簡単にはいかないだろうな。必ず誰かしらは残るだろうし、応援を呼ぶだろう。そうなれば戦闘は避けられなくなるし、人質となっているディアーヌ姫の命が危険にさらされる。それどころか、商船襲撃の時間が早まる可能性もあった。

なんとか、うまく潜り込む作戦はないものか。

悩んでいると、何者かが近づく気配を感じた。

慌てて身を伏せてやり過ごそうとする俺たちの前に、見張りとはまた違った兵士ふたりがすぐ脇を話しながら通過していく。

「玄関ホールに置いてある木箱の量の多さにはまいったぜ。あれって、中身は全部武器なんだろう？」

「リーダーが追加注文したらしいぞ」

兵士たちの会話から察するに、やはり彼らの持つ武器は人間から購入した物である可能性が一気に高くなった。

「それにしても、たかが人間どもの商船を襲撃するのに、あれほどの武器が必要なのか？　船底を壊して海中に引きずり込めばそれで片が付くんじゃねぇか？」

「そんな単純な話じゃねぇよ。リーダーが交渉している人間の商人から仕入れた情報を聞いていただろう？　デカい商船ともなれば、用心のために腕利きの魔法使いを雇っているって」

ついに商人と具体的な単語が出てきたな。

あとはその商人がどこの商会に属しているのか漏らしてくれたら最高なんだがな。

さらなる有益な情報を求めて、俺たちは聴覚に全神経を傾けて聞き耳を立てる。

「魔法使いか……確かに、そいつらは厄介だな」

「だからこそ、大量の武器が必要なのさ。——もっとも、それを地下の武器庫まで運搬するのはかなりの重労働だが」

「量が量だけに、重さもあるからなぁ。他の連中も呼んでこようぜ」

「だな。俺たちだけでやるには量が多すぎる」

「中身の確認はどうする？　リーダーの仕事だろう？」

「あの人は今作戦会議中だ。とりあえず運んでおいて、あとから確認してもらうって形でいいんじゃねぇか？」

「それもそうだな」

兵たちはうんざりした様子で語りながら去っていった。

——この状況を打破する最高の情報を置き土産《みやげ》にして。

「……今の話を聞いたな？」

「はい」

「やるべきことは決まりましたね」

「い、急ぎましょう」

「玄関ホールまで案内します」

レメット、アキノ、リディア、ナレイクさんは兵士たちの会話から俺がどんな行動に出るのか予測できているみたいだ——が、ソニルとミミューはピンと来ていないようでカクンと首を傾げる。

詳しく話している時間もないので、俺は簡潔にふたりへ作戦を説明した。

「ヤツらが運ぼうとしている武器の詰まった木箱の中に隠れて、そのまま地下武器庫へと潜入するんだ」

「「なるほど！」」

ソニルとミミューはまったく同じタイミングでポンと手を叩く。

まるで仲の良い姉妹のようなやりとりだが、ほっこりしている時間はない。

ともかく、さっきの作戦を実行するにはすぐにでも玄関ホールに向かって木箱を確認する必要があった。

というわけで、ナレイクさんの案内で、敵に見つからないよう細心の注意を払いつつ、可能な限り迅速に目的地を目指す。

幸いにも、玄関ホールに見張りの兵はいなかった。

恐らく外の守りに兵の数を割いているのだろう。

置かれている木箱の数は全部で約二十五個。

これなら全員が身を潜められる。

順番に木箱の中へと入り、準備は万端。

あとはこの木箱が武器庫へ運ばれるのを待つだけだ。

しばらくすると、複数の男たちが話し合う声が聞こえてきた。

「おっ？　こいつが例の新しい武器か」

「随分と大荷物だなぁ」

「とっとと運んじまおうぜ」

「だな。それが終わったら飯だ」

木箱にできたわずかな隙間から外の様子をうかがうと、集まっている兵士は全部で八人。彼らはひとり一個ずつ木箱を持って地下の武器庫へと運び込んでいく。中身の確認についてはリーダー本人が直接するらしく、それもこの作戦を実行する後押しになっていた。彼らは事前の言葉通り、特に中をチェックすることなく淡々と作業をこなしていく。

すべての木箱を運び終える頃には昼飯の内容について語り合っており、木箱の中身に関しては興味すらなさそうだった。

「さあて、今日は何を食おうかなぁ」

最後のひとりが武器庫を出ていき、少し待っても戻ってくる気配がないと分かるとゆっくり蓋を開けて外へと出る。

「……どうやら、誰もいないようだな」

武器庫に誰も残っていないのを確認してから、他の子たちの木箱も開けていく。幸いなことに武器庫には鍵がかかっていなかったので自由に行動ができそうだ。

「さて、これからどうしましょうか」

箱から出てきたアキノに尋ねられるが……ここからが大事なんだよな。

「ナレイクさん、姫様が囚われているという牢屋はどこに？」

「このすぐ近くではあるのですが……」

ここへ来て、ナレイクさんの表情が冴えない。

「何か気になることでも？」

「いえ……先ほどの兵士たちが作戦会議を開いているというのが……」

「それが何か？」

「実は、牢屋の近くに会議の間があるんです。有事の際に使用する場所で、普段は使われていないのですが、もしかしたらそこにリーダーがいるかもしれません」

「ふむ、可能性はありますね。ミミュー、探知魔法で調べられるか？」

「やってみます」

俺の指示を耳にして早速魔法を発動させるミミュー。

「たくさんの人がいるみたいですが、それぞれバラバラに行動していますね」

「なら、作戦会議をしていないと判断してよさそうだな」

人が多いのは牢屋に姫様が囚われているからだろう。それもまだ確定事項というわけではないので行動には注意をしていきたい。

とにかく、迂闊なマネはできない。

せっかく掴んだチャンスなのだ。

どうやっても生かしていきたいという気持ちがあった。

しかし、いつまでも消極的な考えでは動きだせない。

慎重に進めなければいけないのはその通りなのだが、何せ時間がない。反乱軍がいつ商船を襲うために出ていくのか分からない以上、可能な限り早く対応する必要があるのだ。

「とにかく、ここにいても埒《らち》が明かないな」

「ウィルムさん、武器庫近くに兵士を探知できませんでしたから、外へ出ても大丈夫だと思います」

「了解」

ミミューからの情報を頼りにドアへと近づいていく。兵士は外にいないという話ではあったが、それでも念のため扉に耳をくっつけ、少しでも外の様子を探ろうとする。

「……足音もないし、周りに誰もいないみたいだ」

それを確認してから、できる限り音を出さないようゆっくりとドアを開ける。まずはちょっとした隙間から廊下の様子を確認。薄暗い廊下にはぼんやりとした灯りしかなく、なんとも不気味な気配を漂わせていた。

だが、兵士の姿はない。商船襲撃を準備するために出払っているのだろうか。不気味さはあるものの、手薄になっているというなら動きやすくなる。

「どうやら兵はいないようだ——っ!?」

思いきって外に出ようとした時、少し離れた位置にある部屋のドアが開いてそこから兵士ふたりが出てきた。

彼らは俺たちのいる武器庫の方向へと泳いでくる。ヤツらがこの武器庫に入ってくれば戦闘は避けられなくなる。そんな緊張感に包まれる中、兵士たちの話し声が聞こえてきた。

「それにしても、あの姫様も強情だよなぁ」

「まったくだ。もう何もかも手遅れだっていうのによぉ……もっと素直にしていたら、あそこから出してやってもよかったのに」

「そうだな。まあ、俺たちには関係ねぇ話さ。さっさと武器を持って上に行こう」

「おう」

兵士たちそう会話を交わしながら武器庫へと近づいてくる。

絶体絶命の状況であるが、同時にあの部屋が牢屋でそこに姫様が捕らえられている事実が発覚した。

あとはどうやってこの状況を乗りきるかだな。

「ウィルム殿、ここは私たちに任せてください」

「うまくやってみせますぅ」

そう言いだしたのはアキノとリディアだった。

……この場を乗りきれるとしたら、やっぱりこのふたりしかいないいか。

俺は「任せた」という意味を込めて頷く。

直後、武器庫へふたりの兵士が入ってきた。

一瞬兵士たちと目が合ったのだが、すぐに視界から消え去った。アキノとリディアが放った目にもとまらぬ速度の一撃により意識を失い、そのまま取り押さえられたのだ。ろくに抵抗もできないままミミューの拘束魔法により身動きを封じて危機を脱した。

それにしても……流れるような一連の動きだった。打ち合わせている時間もなかったというのに、よく息が合っている。これも普段からのコミュニケーションが為せる業《わざ》か。

——っと、のんびり感心している場合じゃなかった。

男たちを捕え、武器庫に縛りあげてから部屋を出る。

◇　◇　◇

幸いにも他に誰も通ってはおらず、まずは俺とアキノとナレイクさんの三人で姫様が囚われている牢屋へと移動する。

重いドアを開けると、目の前には両手に鎖をはめられ、身動きが取れない状態で牢屋に放り込まれている人魚族の少女を発見した。

彼女こそ——

「姫様！」

人魚族の国のお姫様であるディアーヌ姫だった。

どうやら意識を失っているらしく、ぐったりとしてこちらの呼びかけに応答はない。

しかし、毒を飲まされたとか、そうした諸症状もないため、薬で眠らされているのか、或いは気を失っているのか――いずれにせよ、命に別状はないようでひと安心。

「やりましたね、ウィルム殿」

「ああ！　これで反撃できる……」

防衛団の動きを鈍らせていた要因である囚われの姫様は救出できた。あとは、どこかに潜んでいる防衛団にこのことを報告し、一気に鎮圧へ動きだせれば――と、その時、遠くから雄叫びのような声が聞こえた。

まるで、これから決戦の地へ向かう騎士たちの咆哮《ほうこう》のような……

「ま、まさか!?」

額から汗が滴る。

反乱軍が商船襲撃の準備を整え、作戦実行へと移ったのか？

確定要素は何もないが……なんだか猛烈に嫌な予感がする。

「まずいぞ……すぐにヤツらを止めないと！」

「リディアとソニルを呼んできます！」

「頼む！　それと、ミミューとレメットにはこの部屋に残り、結界魔法を張っておくよう伝えてくれ！」

「分かりました！」

アキノが急いで武器庫へと戻り、仲間たちを呼びよせている間に、こちらはナレイクさんから彼らが集まっていると思われる場所を聞きだす。

「声のした方向からして……もしかしたら、城の中庭にいるのかもしれません。彼らが城を占領した時も、抵抗する防衛団の兵士と戦う際に中庭を拠点としていましたから」

「玉座には興味もないってわけか……」

てっきり、リーダーと呼ばれる存在が新たな王に君臨してやりたい放題って絵図を想像していたのだが、どうも違うみたいだな。次期国王の座が目当てなら、今頃は王の間でふんぞり返っているはずだし。連中にも何かこだわりがあるみたいだが、今はそれを気にしている場合じゃないな。

「俺もこいつで戦うぞ……」

手にしたのは神杖リスティック。まだ完全に使いこなせているわけじゃないけど、アキノたちをサポートできるはずだ。

武器庫から出てきたリディアとソニルを加え、合計四人で中庭を目指す。

地下通路を上がると、さっきまでいた見張りの兵たちの姿はなかった。どうやら、本当に総攻撃を仕掛けるために出張っているらしい。

「急ごう！　こっちだ！」

ナレイクさんに教えてもらった場所へと全力で泳いでいく。

やがてたどり着いた目的地には、今まさに海面へ浮上しようとしている武装した反乱軍の兵士たちが三十人ほど集まっていた。

「待て！」

俺が叫ぶと、全員の視線がこちらへと向けられる。

「なんだぁ、てめぇは」

真っ先に反応したのは右目に眼帯をした強面《こわもて》の人魚族だった。

「ヴィ、ヴィンスの兄貴！　こいつら人間ですぜ！」

ここでようやくひとりの兵士が俺たちの正体に気づく。

ヴィンスと呼ばれたこの人物がリーダーのようだな。明らかに他のメンツとはまとっているオーラが違う。

そのヴィンスは人間である俺たちを前にしても落ち着き払っていたが、周りの兵士たちは大混乱に陥っていた。

……そりゃそうか。

普通に動き回れているからすっかり忘れていたけど、ここって深海なんだもんな。普通は人間が絶対に立ち入れない領域――にもかかわず、こうして普通にいる俺たちを目の当たりにして混乱しないはずがない。

だからこそ、ヴィンスの冷静さが引っかかっていたが……その理由はすぐに発覚する。

「魔法の類《たぐい》か……」

さすがはリーダーを務めるだけのことはある。それなりに知識と洞察力は有しているというわけか。

「人間がこんな場所へ何をしに来た？」

「おまえたちを止めに来た」

俺がそう告げると、ヴィンスは少し驚いたような表情を浮かべる。

「止めるだと？　……これは人魚族の問題だ。おまえたち人間の出る幕ではない」

「商船を襲撃し、人間をさらって奴隷にしようなんて作戦を立てていると知ったら、放ってはおけないだろう？」

「っ！　てめぇ……どこでその情報を？」

さすがに自分たちの手の内を知られているのは予想外だったらしく、それまでの余裕な態度は崩れ、焦りの色が見て取れる。

賢そうなヴィンスには、人間である俺たちが計画の全容を把握しているという不測の事態が重くのしかかることだろう。これが猪突猛進《ちょとつもうしん》型の脳筋相手なら、力で押しきろうとして意味をなさなかったはず。

なまじ頭がいいから、最悪の事態がよぎって動きが鈍くなっていた。

……もうひと押ししてみるか。

「無駄な抵抗はやめろ。おまえたちにとっての切り札であるディアーヌ姫は、俺たちが救出した」

「なんだと!?」

さらなる衝撃の事実に、ヴィンスは声を荒らげる。他の兵士たちも最終手段とも言うべき存在が手を離れたと知り、先ほど以上に動揺が広がっていた。

この状況をまずいと察知したヴィンスはありったけの声を吐きだして抵抗する。

「ハッタリだ！　そこにいる城のメイドからこちらの事情を聞きだしてカマをかけているだけに過ぎねぇ！　騙されるな！」

ヴィンスの言葉に「そ、そうだよな」と持ち直し始めているが、ここでさらにそれをへし折るような話題をひとつ。

「すでにおまえたちの計画は人間側にも広く知れ渡っている。本当に商船を襲撃し、人間をさらえば……どうなるか理解できるだろう？」

この場にいる兵力と、人間側の兵力——そこには圧倒的な差がある。おまけに、魔法を使えば人間は海底でも地上と遜色《そんしょく》ない動きを取れるのだ。それは今彼らの目の前にいる俺たちが何よりの証拠。

まともに正面からぶつかり合えばどうなるのか……リーダー格のヴィンスはすぐに察したようだ。

とはいえ、彼らにも退けない理由があるらしい。

「……あんたの言葉に嘘はなさそうだ——が、だからといって全面降伏するつもりは毛頭ない」

「っ!?　バカな!?　やり合うつもりなのか!?」

「人魚族繁栄のためにも、俺たちは勇気ある一歩を踏みださなくてはならないのだ」

種族至上主義ってヤツか？

地上ではカビの生えた古臭い思想だが、海の底ではまだ現役ってことかよ。

「そんなものを勇気とは呼ばない。ただの愚行だ」

「どうとでも言えばいい。所詮、俺たちとてめぇらじゃ種族が違う。……相容れることなど不可能だ」

「そんなことないよ！」

ヴィンスの言葉に割って入ったのは意外にもソニルだった。

反乱軍はもちろん、俺たちもまさかソニルが割って入るとは想像もしていなかった。

「種族なんて関係ないよ！　私も獣人族だけど、人間のみんなと仲良く暮らしているよ！　人魚族とだって、きっと仲良くできるはずだよ！」

「ぐっ……」

獣人族であるソニルにしかできない主張。きっと、俺たちが今みたいな言葉を投げかけてもヤツらの心には響かないだろう。当事者であるソニル自身が口にするからこそ、絶大な効果をもたらすのだ。

この必死の訴えと、彼女自身が獣人族であるという説得力が、反乱軍兵士たちの決断を鈍らせていく。

「そ、そうなのか……？」

「あ、あの子の言うように人間と仲良くできるのか……？」

「わ、分からん……」

「あ、兄貴……」

すがるようにヴィンスへと視線を送る兵士たち。

その行為だけで、彼らの中に大きな迷いが生じていると察せられる。それは決して下っ端の兵士だけが抱えている感情ではない。獣人族であるソニルの訴えが、反乱軍のリーダーであるヴィンスの心にも戸惑いと混乱をもたらしたのだ。

「獣人族と人間が……」

商船を襲おうと血気盛んだった勢いが急速にしぼんでいく。火傷《やけど》しそうなほどの熱気はすっかり冷めてしまい……

……なんだか、いい感じじゃないか？

このまま説得に応じてくれたら問題ないのだが——やはり、そう簡単にはいかないようだ。

「悪いな、お嬢ちゃん。俺たちはもう退けないところまで踏み込んじまってんだ」

そう言って、ヴィンスは剣を抜く。

「普通の人間よりは水中で動けるようだが……これだけの数を相手にその程度の戦力で止められると思っているのか？」

妙に強気な態度を見せてくると思ったが、向こうから見るとこちらは人間の男がひとり、女の子がふたり、そして獣人族の少女がひとり——とてもじゃないが、武装した反乱軍の兵士に立ち向かえるようには見えない。

たぶん、ヴィンスたちから見れば、俺たちは地上にいる人間軍からのメッセンジャーって感じなのだろう。

——だが、それは誤った認識だ。

「ヴィンス……俺たちは——」

「これ以上は何も言うな。おまえらには牢屋で大人しくていてもらうぞ」

言い終えると、ヴィンスは近くにいた兵士たちに目配せをする。それを受け取った兵士たちは俺たちの身柄を拘束しようと近づいてくる。

……いや、これは身柄拘束なんて生易しい対応じゃない。外に情報が漏れるのを恐れているから、ここで俺たちを始末するつもりなのだろう。それからディアーヌ姫を再び牢屋へと押し込んで何事もなかったように商船襲撃作戦を実行する。それがヴィンスの思い描くこの先の展開なのだ。

「ウィルム殿……」

「分かっている——このまますんなり捕まるわけにはいかない」

ヤツらの商船襲撃作戦を食い止めるため、さらには俺たちが助かるためにはここで捕まるわけにはいかない。彼らに絶対引けない理由があるように、俺たちにだって引けない理由があるのだ。

「へへへ、大人しくしていたら痛くはしねぇぜ、お嬢ちゃん」

「心遣いには感謝するが……代わりに痛い目を見てもらおう」

「は？　——ぶっ⁉」

アキノの持つ薙刀が一瞬光ったかと思うと、次の瞬間には不用意に近づいてきた兵士が宙を舞っていた。それからズドンという音が辺りに響き渡る。

「何っ⁉」

白目をむいて気絶している兵士を見たヴィンスをはじめ、反乱軍の兵士たちは開いた口がふさがらない状態。まあ、信じられない気持ちも分からないではない。武器を持っているとはいえ、外見は普通の女の子だからな。

「反乱軍と名乗るくらいだからよほどの使い手かと警戒をしていたのに……どうやら取り越し苦労のようだ」

振り返るアキノの瞳は、冒険者時代を彷彿《ほうふつ》とさせる鋭さがあった。最近は年齢の近い同性の友人が増え、ソニルやミミューといった年下の妹分もできたのですっかり穏やかな顔つきとなっていたが……どうやら、戦う者としての心は健在のようだ。

昨日の兵士との戦闘では戦い方が少し穏やかになったなという印象を持ってちょっとだけ心配をしていたけど、こうした状況下ではしっかりと本来の実力を発揮してくれる。本当に頼もしい存在だ。

一方、ヴィンスたち反乱軍はアキノの実力を前に茫然自失。

まさかここまでの実力があるとは微塵も想定していなかったようで、圧倒的な数の差がありなが

らも攻め込めずにいた。

しかし、さすがにこのままではまずいと思ったのか、ヴィンスは仲間たちに指示を出すとその魔の手はリディアやソニルにまで伸びる――が、

「はっ！」

「やあっ！」

ふたりはアキノ同様、向かってくる敵を次々と蹴散らしていった。

アキノに比べたら幼く、体格差を考慮したら簡単にねじ伏せられそうなソニルだが、彼女が得意とするスピードを生かした打撃技が炸裂。あんなに小柄で細い手足から繰り出されているとは思えないくらいの衝撃と威力に、兵士たちは次々と沈んでいった。

弱気な態度が目立つリディアは、兵士たちの粗暴《そぼう》な振る舞いに怯えた表情をのぞかせていたものの、いざ戦闘となれば本日のメイン武器である剣で敵を華麗にさばいていく。

三人がそれぞれの持ち味を十分に発揮すると、あっという間に敵の数は半分を割った。もともと三十人くらいしかいなかったからな……この三人を同時に相手するなら少なくともその三倍の人員が必要だ。それでもただのチンピラ程度なら瞬殺しそうだけど。

ちなみに、倒した相手は毎度のごとくミミューの拘束魔法により動きを封じている。

あそこまで力の差をまざまざと見せつけられては、たとえ立ち上がれたとしても戦意は折れているだろう。それでもまあ用心のための拘束魔法だ。

「バ、バカな……」

アキノ、リディア、ソニルの外見で力を判断し、完全に油断していたヴィンスにとっては深刻な状況だ。仲間たちの多くは戦意喪失し、今にも逃げだしそうなほど怯えている。こちらとしては、大人しく投降さえしてくれたら危害を加えるつもりはない。それを伝えると、一気に風向きが変わった。

「リ、リーダー……」

「ま、まだだ！」

ヴィンスはあきらめていなかった。

剣を抜き、勇ましい顔つきで俺たちを睨みつける。たったひとりになっても戦い続けるという確固たる意志が瞳からにじみでていた。

何がそこまで彼を駆り立てるのか。

俺たちには計り知れない事情があるのだろうけど……さすがにこの状況をたったひとりで打開するのは無茶だ。

さらに、反乱軍の戦意を削ぐ新たな刺客が頭上からやってくる。

「ウィルムさん！」

レメットの叫び声で振り返ると、彼女は上を指さしていた。それにつられる形で視線を上げてみると、大勢の武装した人魚族の男性がこちらを目指して泳いでくる。

「ぼ、防衛団!?」

ヴィンスはそう口にして武器を構えるが――もう遅い。降り注ぐ防衛団の兵士たちによって残っていた反乱軍はあっという間に取り押さえられた。


突然の事態に俺たちも理解が追いつかずポカンとしていたが、「みんな大丈夫ですか！」と手を振りながらこちらへと駆け寄ってくるレメットの姿を視界に捉えた瞬間、謎がすべて氷解した。

「そうか……レメットが彼らを呼んでくれたのか」

「はい。ディアーヌ様から防衛団が囚われている場所を聞き、伝えに行ったんです」

額の汗を拭い、状況を説明するレメット。すべての兵士がここに集まっていたのだろうけど、それでもリスクと恐怖心はあったはずだ。それを撥ねのけて、レメットは俺たちの力になろうと防衛団解放のために動いた……結果としていい方向に転がったけど、一歩間違えればどうなっていたか。

とはいえ、他の女性陣からもみくちゃにされて喜んでいるレメットを眺めていると、苦言を呈するのはもうちょっとあとにしようという気になる。まったく、向こう見ずなお嬢様で困るよ。父親であるフリード様も苦労するはずだ。

やれやれとため息を漏らしていたら、人魚族の男性が声をかけてきた。

「初めまして。私は防衛団の団長を務めるベレットと申します」

「あっ、ど、どうも。ウィルムと言います」

防衛団のリーダーというベレットさんは礼儀正しく頭を下げながら自己紹介する。それが終わると、すぐに本題へと移った。

「レメットさんから大体の事情は聞きました。ディアーヌ姫様を助けだしてくださったそうですね。本当になんとお礼を言ってよいやら」

「そんな……俺たちは当然のことをしたまでですよ」

最初は条約改正に伴い、外国の船がハバートへ寄港する際の懸念材料としてクーデターの起きた人魚族の国を偵察するだけの予定だったのに、まさかこんな事態になるとは……俺自身が未だに信じられないって気持ちでいっぱいだ。

「ところで、姫様は今どこに？」

「地下の武器庫近くにある部屋で、俺たちの仲間とこの城でメイドとして働いているナレイクさんが一緒にいるはずです」

「ナ、ナレイクが？　そうか……よくやってくれた」

ナレイクさんの名前を出した途端、ベレット団長は少し動揺した後、安堵と緊張が入り混じったような、なんとも言えない複雑な表情を浮かべる。

「お知り合いでしたか？」

「娘なんですよ」

「えっ⁉」

意外なつながりが発覚したな。

しかし、それならずっと気が気じゃなかったろうな。

「国王陛下の安全もすでに確保し終えたと先ほど連絡がありました」

「では、事件は無事に解決したんですね」

「えぇ。あとは事後処理ですね……」

事後処理……そうだ。

反乱軍はどうなったのだろう。

改めてヤツらの方へ視線を向けると、拘束魔法をかけられていないメンバーは手錠をかけられて連行されていく直前だった。身動きが取れない者たちは後から牢屋へと連れていかれるのだろう。

切り札である姫様が、自分たちの知らないうちに保護されていると知った時には半信半疑だったのだろうが、こうしてベレット団長が兵を引き連れて押し寄せてきたという現実を目の当たりにしてそれが事実だと確信したようだ。

力なく項垂《うなだ》れている反乱軍リーダーのヴィンスを目にしたベレット団長は、深くため息をつく。

「ヴィンス……あいつは私の元部下なんですよ。優秀な男でね。ゆくゆくは彼に団長の座を譲ることになるだろうと将来を期待していたのですが……残念です」

悪党を捕らえて事件を解決したはずが、そういった事情もあって素直に喜べないようだった。

元防衛団所属というなら、王家の内情に詳しいはずだし、姫様をさらうってプランも、きっと彼の発案だろう。

「国王陛下が他種族との良好な関係を構築するという考えを持ち始めてから、ヤツの言動は過激なものになっていきました。再三の忠告にも耳を傾けず、ついには防衛団を抜けて何やら暗躍しているという噂を耳にしていましたが……まさかクーデターを起こすなんて」

ベレット団長からすれば、まさかの事態だったわけだ。

それも含め、今後は厳しい対応が求められるだろう。

ともかく、こうして人魚族で起きた反乱は鎮圧された。

まだまだ追及しなければならない点など、完全に安心はできないのだが、少なくとも誰かが危険な目に遭うようなことはない。

とりあえず、俺たちは残っているミミューを迎えに行くか。

◇　◇　◇

人魚族の国が抱える大問題は無事に解決した。

これで商船が襲われる心配はないし、ベレット団長の話では国王とディアーヌ姫はもう少し落ち着いたら、俺たちと一度顔を合わせてじっくり話をしたいという。ただ、国民にも一報を伝えなくてはならないので、実際に顔を合わせるのは明日になりそうだとも伝えられた。

一応、俺もミミューもまだまだ魔力が尽きるには及ばないので、長期にわたる王都への滞在が可能――というわけで、その話を受けることにした。

ちなみに、ベレット団長はこれから反乱軍リーダーのヴィンスに武器の出所などを聞きだすため離れるという。

まだまだ事後処理にも時間がかかるだろうから、俺たちは一度地上へと上がり、今回の結果を報告してくるとベレット団長に告げる。

きっと、マーカム町長はどうなっているのか気になっているはずだし、何よりエリノアもこちらへ送り届ける必要がある。

明日の朝には再びこの人魚族の国へ戻ってくると約束し、運んでくれたクラーケンに乗っていこうとしたのだが、彼女の詳しい居場所は分からず、捜すのにも時間がかかるだろうからと道案内兼移動手段として、巨大マンタを貸してくれるという。

「クラーケンはこちらで捜索をしておきます」

「よろしくお願いします」

「これくらいお安い御用ですよ。道中お気をつけて」

「はい」

俺たちはベレットさんに別れを告げ、マンタの背に乗って人魚族の国の王都をあとにする。

さすがは王家御用達のマンタ。そのスピードはクラーケンよりもずっと速く、あっという間にハバート近くの沖に出た。それから港の桟橋近くまで送ってもらうと、マンタは明日の朝にこの近辺へ迎えに来る――と、いうメッセージを残していったとソニルから教えてもらう。


その後は地上を歩いてマーカム町長の屋敷へと向かった。

「おぉ！　待っていたぞ！」

屋敷へ到着すると、使用人と一緒に庭いじりをしていたマーカム町長に遭遇。

普段はやらないそうなのだが、どうにも俺たちの動向が気になって落ち着かず、気を紛らわせるためにやっていたらしい。

それと、俺たちを待っていたのは彼だけではなかった。

「ウィルムさん！」

声を弾ませたのはクラフトスキルによって作られた水槽に入っていたエリノアだ。話によると、ずっと俺たちの安否を心配してくれていたらしい。

さらに、予想外の人物たちも顔を揃えていた。

「あれ？　アニエスさん？」

「ご無事で何よりです、ウィルム様」

アニエスさんをはじめとするメイド一同までもが屋敷で俺たちの帰りを待っていたのだ。おまけに、彼女の肩にはルディの姿もあった。

「ルディ！」

「キーッ！」

離れていた時間はわずかでも、なんだか数十年ぶりの再会って気がするから不思議だ。魅惑のもふもふボディを堪能《たんのう》し終えると、次はアニエスさんへと向き直る。

「アニエスさんたちはどうしてここに？」

「どうして？」

一瞬、アニエスさんの眉間がピクッと反応する。

……あれ？

もしかして怒っていらっしゃる？

「のんびりと羽を伸ばすつもりが、クーデターの起きた人魚族の国へ偵察に向かったという信じがたい情報をマーカム様よりいただきまして……居ても立ってもいられなくて駆けつけた次第でございます」

「うっ……」

そういえば、最初はリゾート地へ遊びに来ていたんだった。すっかり当初の目的を忘れていたよ。

「ご心配をおかけして申し訳ない」

「まったくです。危険なことに首を突っ込む際はぜひご一報ください」

「ぜ、善処します……」

口調に変化はないものの、ご立腹のようだ。アニエスさんの立場からすれば、アヴェルガ家のご令嬢を危険な目に遭わせたというのだから当然の反応か。

「アニエス、今回は私が強引についていっただけで、ウィルムさんは何も悪くありません。それに、今回の活躍で彼がもたらした国益は計り知れません。その大いなる働きをこの目で直に確認でき、私はとても嬉しいです」

「お、お嬢様……」

レメットにそう言われてしまっては、さすがのアニエスさんも口をつぐんでしまう。マージェリーさんの件では留守番だったし、何より彼女の性格からして絶対に退かないだろうと理解しているからだ。

ふたりのやりとりを見届けると、俺は当初の目的であった報告をマーカム町長へと行う。

「クーデターだけでなく、商船を襲って人間を奴隷化しようとは……」

「しかし、それを企てていたのはほんの一部の人魚族だけです」

「その点は重々承知しているよ。我々人間の中にも同じような考えを持っている者はいるわけだしね」

さすがマーカム町長。

話がよく分かっている。

さらに、俺は「まだ推測の域を出ませんが」と前置きしながら、反乱軍が扱っていた武器の出所について伝えた。

「それが事実なら……大問題になるぞ」

「現在、捕らえた反乱軍のリーダーから、武器の入手ルートについて情報を聞きだそうとしていますが……それによっては……」

「国が大きく動く事態となるな」

反乱軍は、人間から武器を手に入れたと言っていた。だとしたら……ヤツらにそれらを提供したのは何者なのかって話になる。

俺は真っ先にバーネット商会を疑った。

扱う武器の種類は豊富だし、多くの人脈も抱えている。

最近はなぜか業績不振が目立っているが、その穴埋めをするために武器を売買していたとしたら……ジェフ代表はともかく、あのバカ息子のラストンならば劇的な業績アップを目論《もくろ》んでやりかねない。

ただ、バーネット商会はメルキス王国に本拠地はなく、それは近隣国であるドノル王国にある。

そのため、関与についての決定的な証拠を突きつけても最終的に罰するのはドノル王国ということになる。

ガウリー大臣であればそのような不正を断じて許さないだろう。そもそもそういった悪しきつながりを断つために条約改正に乗りだしたわけだし。だが……ドノル王国がどういう判断を下すのかは不透明だった。

諸外国へ国政のクリーンさをアピールしようというなら厳しい罰を与えるはず。

しかし、あそこの王家はジェフ代表と濃厚に絡み合っているからなぁ。よほど決定的な証拠を突きつけない限り、なあなあで済ませるかもしれない。さすがに無罪放免なんてことにはならないと思うが……それに近い、およそ処罰とは呼べない結論へ着地しそうだ。

いずれにせよ、これは返事待ちになるな。

「君たちはこれからどうする？　城へ出向き、国王陛下やガウリー大臣に一連の経緯を直接報告するかい？」

「いや、俺たちは一度人魚族の国へ戻ります。明日には人魚族の国王やディアーヌ姫と会談する予定になっていますので。それに……やり残したこともありますし」

メルキスの国王陛下やガウリー大臣への報告が大事だというのは百も承知だ。

ただ、今回はマーカム町長にも告げた「やり残したこと」がある。これはできる限り早く取り組んだ方がいいと俺は考えており、ガウリー大臣へは再びルディを使いに出し、そこで事態を把握してもらいつつ、戻ってきたらすぐに報告へ伺おうと決めていたのだ。

――と、いう俺の考えをマーカム町長に説明すると理解を示してくれた。

「君がそこまで言うのだから、人魚族の国でやり残してきたというのは相当重要な案件なのだろう。それではアヴェルガ家への報告は私の方でやっておく」

「い、いいんですか？」

「私自身、フリード様にお話ししたい件がいくつかあったし、ちょうどいい機会だからね」

「では、よろしくお願いします」

こちらが頼もうとしていたことを先回りして実行してくれる……マーカムさんがなぜ町長に就任したのか、その理由がよく分かるな。

すべての報告を終えると、辺りはすっかり暗くなっていた。

マーカム町長は疲れを癒してほしいと、あの豪華な宿屋にもう一泊追加で部屋を取ってくれるという。

最初は断ろうとしたのだが、アニエスさんに「最高の環境で体を休めてください」と迫られて承諾。

……なんだか、反乱軍よりもアニエスさんの方が迫力あるなぁと思ったが、口が裂けてもそれは口に出せなかったのだった。

第六章　平穏な海

高級宿屋での目覚めは最高だった。

さすがは一泊するだけで一般の宿屋一週間分の料金を請求されるだけのことはある。

前回も泊まったには泊まったのだが、あの時は人魚族の国へ行くという緊張感でまったく楽しめていなかったからな。こう言ってはなんだけど……まるで初めて泊まる宿のような新鮮さがあった。

気を取り直して、朝の支度を整えると例の桟橋へと移動。

そこでマンタを探していると、突然海面から女の子が顔を出す。

「ウィルムさん、こちらですよ」

エリノアだった。

彼女はマーカム町長への報告が終わった後、夜の海へ戻されたのだ。

いくら海水を使用しているとはいえ、エリノアにあの水槽は狭すぎる。すでに海の安全は確保されているので、エリノアはすぐに海へと戻った。

てっきりそのまま王都へ戻ったとばかり思っていたが、まさかここへ残って俺たちを待っているとは思わなかった。

おまけに、王都への運び役としてやってきたマンタに加えてもう一体の巨大水棲生物が姿を見せる。

「クラーケン！」

現れたのはクラーケンだった。

エリノアの話では、捜索部隊は簡単にクラーケンを発見し、事情を説明して連れ戻したらしい。

彼女もまた俺たちの安否をずっと気にかけてくれていたらしく、兵士たちが事情を説明した際には泣きそうな顔をしていたらしい。

「さあ、早く行きましょう」

両手でバシャバシャと水面を叩きながら、エリノアに急かされる。

そう慌てるなよと忠告してから、俺たちは再び魔法で水中での活動を可能にし、港から海へと飛び込む。

そこでは昨日、ここまで送ってくれたマンタが待機していた。

「待たせてすまない。また城まで戻ってくれるか？」

そうお願いすると、マンタはニコッと微笑んで泳ぎ始めた。

いよいよ、人魚族の国の王様と初顔合わせだ。

それを楽しみつつ、ベレットさんが反乱軍リーダーのヴィンスからどんな証言を引っ張りだすのか――その答えを待つとするか。

◇　◇　◇

人魚族の国へ戻ると、俺たちがハバートへ向かうために発った時よりも大きな盛り上がりを見せていた。

「ありがとう、人間の少年少女よ！」

「君たちのおかげで国は救われたぞ！」

「今度うちの店に遊びに来てくれ！」

王都を進んでいると、ひとりひとりから熱烈な感謝の言葉を贈られる。さすがに騒ぎが大きくなって、防衛団の兵士が「何事だ！」と集まってきた。

当然ながら、すでに彼らへも俺たちがここへ戻ってきた理由は伝わっているようで、すぐに城へ案内してくれるという。

「改めて見ると……大きな町だな」

城へと向かう途中、俺は王都の様子に目を奪われた。人間界の建物とは材料から違うというだけあって、色合いやデザインがだいぶ異なる。

ひとつ気がかりなのは、どの建物も傷が目立つという点だった。

反乱軍との激しい戦闘が原因らしく、中には全壊している建造物もある。すべては反乱軍が持っていた優れた武器がもたらした被害……。

ただ、この破壊された町並みこそ、俺がこの人魚族の国でやり残したことと大きな関わりがある。

中央通りを抜けて城門を越えると、ついに城内へと入る。

さすがに一般人のエリノアはここから先に行けないらしく、改めて合流しようという流れに。

彼女を見送ってから城内へ足を踏み入れると、目についたのは内部のひどい有り様であった。

昨日は夢中だったからあまり気に留めていなかったが……城は外も中も甚大なダメージを負っていた。王都よりもダメージがでかそうだ。それだけより激しい戦闘が繰り広げられていたってわけなのだろうけど。

長い廊下を進んでいると、偶然、ベレット防衛団長と出くわす。

「やあ、よく来てくれました」

「国王陛下とは、俺も一度ゆっくり話をしてみたいと思っていましたからね」

「陛下も喜ばれます。ここからは私がご案内しましょう」

ベレット団長自らが案内役を買ってでてくれ、談笑を挟みながら進んでいく。すぐに王の待つ部屋へとたどり着いた。

室内はメルキス城にある王の間と大差ない。

国王陛下自身も風格があって、威厳に満ち溢れている――が、そこはやはり人魚族であるため、下半身は魚。ここだけなんだかギャップがあるな。

国王の両サイドには王妃様と娘であるディアーヌ姫様が座っており、どちらも穏やかな表情で俺たちを見つめていた。

「よく来てくれた、救世主諸君」

跪く俺たちへ、国王陛下は嬉しそうな声色でそう言った。

「ディアーヌが人質となり、防衛団が手も足も出ない状況となってしまった時はどうなってしまうのかと思ったが……君たちのおかげでこの国は救われた。感謝してもしきれないくらいだよ。本当にありがとう」

「い、いえ、俺たちは当然のことをしたまでで……」

必然のやりとりをひと通り終えると、今夜は祝宴を開くつもりなので参加をしていってほしいと頼まれる。

直々のお誘いに、俺はふたつ返事でＯＫを出す。

もともと、「やり残したこと」を成し遂げるために時間を要するだろうから泊まれる場所を貸してほしいとお願いしようと思っていたので、俺たちにとっても悪い話ではなかった。というか、単純に人魚族の国の宴会ってどんなものなのか気になる。

その後も一時間ほど談笑した後、俺は以前から考えていた提案を国王陛下に持ちかけた。事前にレメットたち女性陣にも確認は取っておいた、みんなが賛成してくれたその提案とは――

「国王陛下……俺たちに王都や城の修繕を手伝わせてください」

「な、何っ？」

誰も予想していなかったらしく、国王、王妃、ディアーヌ姫だけでなく、ベレット団長をはじめとする兵士たちもざわつきだした。

「ウィ、ウィルム殿には建築の心得があるのか？」

「そういうわけではないのですが……これをご覧ください」

その場に居合わせた全員の視線を浴びながら、俺は移動を開始――と言っても、目的地はすぐ目の前にある柱の前。

ここには反乱軍との戦闘によってできたと思われる大きな損傷が見られた。

その部分に触れつつ、俺はクラフトスキルを発動させる。

すると、途端に柱の傷は消えて新品同様になった。

「「「「おおおっ⁉」」」」

仲間たちは見慣れているから平然としているけど、スキルという概念自体が存在していなかったらしい人魚族にとっては信じがたい光景だろう。

道具も技術もなく、ただ触れただけで壊れた箇所を元通りにできる。

クラフトスキルには生みだす他にもこうした修繕特化の能力もあるのだ。

この手の事情について疎い人魚族へ、地上で使われているスキルについての簡単な説明をしていった。スキルとは、魔力を練ってそれを力に換える魔法とは違い、人が生まれながらにして持つ特別な力であると知ると、全員が感心したように頷き始める。

「ただ触っただけで壊れた物を直したぞ……」

「しかも一瞬のうちに……」

「我々だけの力なら、この部分の修繕だけで一ヵ月はかかりますよ」

「スキルとやらが持つ能力というのはとんでもないな……」

人魚族が茫然とする中、俺はさらに作業を進める――そして、三十分ほどで王の間は以前と変わらない姿を取り戻した。それを見物していた国王陛下や兵士たちから拍手が送られる。

「素晴らしい！」

「お見事！」

「い、いや、そんな……」

地上だと、クラフトスキル自体は決して珍しいものじゃない。ただ、修繕の速度や規模に関しては鍛錬も必要であるため、それなりに他と差別化はできていると思う。

まあ、それを抜きにしても、彼らにとっては初めて目にするクラフトスキル——聞いた話によると、人魚族には建築など物づくりの道を究《きわ》めた職人と呼ばれる人はいないらしく、修繕となると兵士たちが総出《そうで》で作業に当たるらしい。

専門職ではないので、いろいろとムラが出るだろうな。

というか、城の建築自体が素人によるものなのか……まあ、さすがにこれだけ立派なお城を建築できるのなら、専門家はいなくても技術や知識といったあたりはしっかりしたものがあったのだろうけど。

ともかく、クラフトスキルの便利さが伝わったところで、本格的に城の修復作業を始めていく。

続いて、王都にある店舗や家屋の修繕に取りかかる。

クラフトスキルで完璧に直せる範囲には限界があり、全壊している家屋などはさすがに元通りにできない。ただ、被害状況がそれほどでもない建物に関しては、俺のスキルでどんどん直していった。

今回はうちもメンバー総動員で作業の手伝いに当たっているのだが、そのうち人魚族の兵士たちや、話を聞いて集まってきた王都に暮らす一般人も参加。さらにはこうした活気に触発されたのか、国王陛下やディアーヌ姫まで加わり、大賑わいの作業となった。

その作業中、人魚族の王家は人間界の王家とは違い、民との距離がとても近いというのが改めて認識できた。もちろん、護衛の兵士がすぐそばで目を光らせているが、そこまで威圧感があるわけではない。この辺も文化の違いってヤツなのかな。

作業は続き、気がつくと王都全体を巻き込んだ大作業へと発展していた。

これを機に古かった建物を直そうという動きもあり、人魚族の王都はクーデターを機に生まれ変わろうとしていた。

結局、この作業は暗くなるまで行われた。

人々の中には夜通しで修繕に挑もうとする者もいたが、これから王都も巻き込んだ大宴会が催されると知り、すぐにそちらの準備へと取りかかっていく。とてもノリのいい国民性みたいだな。

俺たちも宴会の準備を手伝おうとしたのだが、どうやら立場的に国賓《こくひん》扱いらしく、祝宴の準備が整うまでの間は城内に用意された控室《ひかえしつ》で休んでいてくださいと国王からの言伝をメイドのナレイクさんから聞かされる。

それにしても……俺たちと行動をともにしていた時から彼女もエリノアと同じく水着のような服を着用していたけど、改めて見るとデザインがメイド服っぽいな。

こういった服装はアニエスさんたちで見慣れているのだが、人魚族が着ると途端に新鮮な感じがするな。

「お部屋へは別の者が案内させていただきますので、少しお待ちください」

「分かりました」

「楽しみだね！」

「ふふふ……確かに、人魚族の宴会とやらがいかなるものか、実に興味がある」

「ア、アキノちゃんは宴会好きだもんね」

「私もおいしい食べ物が出るから好きです！」

レメットたちは今夜の祝宴に思いを馳せつつ、楽しげに話している——と、ここでナレイクさんが俺のそばへとやってきて、周りには聞こえないくらいの小声で話し始めた。その対応の仕方からして、ちょっと重めの話かな？

「ウィルム様、少しよろしいでしょうか」

「うん？　何かあったか？」

「私の父が——防衛団のベレット団長がお話ししたいことがあると」

「ベレット団長が？」

「はい。ですので、例の地下武器庫までご足労いただけますでしょうか」

「分かりました」

ベレット団長が用事、か。

きっと、反乱軍が使っていた武器の入手ルートについてだろうな。

視線を少し動かすと、みんなが楽しそうに談笑している姿が映った。あの空気を壊すのもなんだか悪い気がするので、ここは俺が単独で動くとしよう。


ナレイクさんに言われた通りに城の地下武器庫へ向かうと、そこにはベレット団長と数人の兵士が待ち構えていた。

武器庫には、まだ反乱軍が使おうとしていた武器の数々がそのままの形で残されていた。ほとんどが手つかずだから、防衛団で流用するのだろうな。

「お疲れのところ、申し訳ありませんね」

「いえ……ここにある武器の入手先については俺も気になっていたので」

「その件についてなんですがねぇ……反乱軍のリーダーだったヴィンスを問い詰めてはいるんですが、どうにも要領を得なくて」

「と、いうと？」

ベレットさんはここまで発覚している事実を教えてくれた。

まず、彼が着目していた入手経路についてだ。

あれだけの量を確保するとなると、この人魚族の国だけでは不可能だろうという。つまり何が言いたいのかというと……ヤツらに武器を提供した者がおり、しかもそれは人魚族以外の存在――人間である可能性が高いとの話だ。

これについては俺も薄々そう感じていた。というか、実際に耳にした。

さらにその証拠はあり、一時的に身を隠す場所としていたあの武器庫。俺たちは武器の入った箱に紛れ込んで侵入したのだが……あれに使われている技術は、どう見ても人間のものだった。おまけに、集められた武器をチェックしていくと、そのどれもが非常に状態の良い物であった。中古品じゃなく、新品みたいだな。

以前、人魚族とも商談をしたいと産業の歴史を調べたことがある。

それによれば、人魚族の武器は使われている材質なども海底で手に入る物に限定されているため、強度や威力などの面で人間製より大きく品質が劣るのだという。

ベレット団長曰く、反乱軍の使用した武器が人間の手によって作られた物である可能性が高いというのは、正規の防衛団の中では周知の事実となっているらしい。

そのため、彼らも困惑していた。

武器を提供したのが人間だと分かりつつ、反乱軍の暴走を止めるきっかけを作ったのもまた人間だったからだ。

なんとも言えない微妙な空気を変えてくれたのは、救出されたディアーヌ姫様だった。

彼女は防衛団に流れる雰囲気を敏感に察知し、このままではいけないと自ら赴き、

『ウィルムさんたちは命懸けで私を守ってくれました。もし、あと少しでも彼らの到着が遅れていたら、取り返しのつかない事態になっていたでしょう。彼らは私だけでなく、この国の未来も救ってくれたのです』

そんな言葉を口にしたという。

この訴えが、兵士たちの心を動かした。

畳みかけるように、俺たちと行動をともにしていたナレイクさんの証言も加わり、俺たちが本気でこの国を救うために行動していたという事実が伝わる。

このふたつが決定打となり、防衛団は全面的に俺たちを信用してくれたのだ。

……けど、今回のクーデターに俺たちとは別の人間が絡んでいたというのは揺るぎのない事実。

そいつらがなぜ武器を人魚族へ売ったのか……正体とともに理由を突きとめたかった。

「武器を売りつけた商人についての情報はありましたか？」

「どうやら武器を提供した元締めについてはヴィンスも知らないみたいで、ヤツとやりとりをしていた商人とは最初に会ったっきりだと言うんです。それからは下っ端が武器を少しずつ商船で運び、ベレットたちは海上でそれを受け取っていたと」

「仲介役を立てていたのか……」

足がつかないようにしていたというわけか。

どうやら、この手の商売に慣れている者のようだな。

しかもそれは……合法な手段のみというわけじゃなさそうだ。でなければ、仲介役を立てて足がつかないようにするなんて方法は思いつかない。それに、きっとこの仲介とやらもさらに別の仲介を立てているはず。調査している者を元締めのところへ行かせないための姑息なトリックだ。

となると、キーになるのは最初に会ったという商人か。

きっとこいつがすべての元凶か、或いはそれにもっとも近い存在だと思われる。

「ヴィンスが最初に会ったという商人はどのような人物だったか分かりますか？」

「それについても追及してみましたが、特にこれといった特徴のある者ではないらしく、分かったのは若い男というくらいです」

「若い男……」

ふと脳裏に浮かんだのはバーネット商会代表の愚息――あのラストンだった。ヤツが商会から武器を引っ張りだしてきて、ヴィンスたちに売ったのか？

しかし、そうなるとひとつ疑問点がある。

「ヴィンスたちはどうやって金を？　商人たちがタダで武器を渡したとは思えないのですが」

「それが……驚くことにタダでもらったと言うのです」

「えっ？」

そんなことあり得るか？

——だが、ちょっと待てよ。

もし、今回の反乱がうまくいっていたら……人間側の商船が襲われ、メルキス王国は大打撃を受けることになる。輸出入も断たれ、ガウリー外交大臣の失墜は免れないものとなっていただろう。

商会の狙いは……それじゃないのか？

ガウリー大臣を大臣職から引きずり下ろすための工作——そう考えると、無償で武器を提供したというのも先行投資という見方ができる。

「ウィルム殿？　どうかされましたか？」

「っ！　い、いえ……ただ、もしかしたら、黒幕は俺のよく知る人物かもしれません」

「それは本当ですか⁉」

「あくまでも可能性のひとつであり、確証はありませんが……しかし、これは俺たちの住むメルキス王国の国王陛下にも報告します。このような出来事は、今後二度とあってはならないですから」

「おぉ……なんと心強い」

実際のところ、まだまだ不確定要素が多すぎて何もできないんだけど、今回みたいな事件を二度と起こしたくないという気持ちに嘘偽りはない。ガウリー大臣たちメルキス側の反応次第ではあるけど、人魚族の国ともっと友好関係を深められたらと感じていた。

しばらくして、祝宴の準備が整ったとナレイクさんが呼びに来てくれた。


「久しぶりの宴だな。今日は無礼講。派手に楽しもうじゃないか」

「お酒の飲みすぎには気をつけてくださいよ」

「も、もちろんだ」

ベレット団長とナレイクさんの親子トークを聞いていると、アトキンス村長とジュリスが重なるな。あのふたりの関係性もこんな感じだった。

宴を楽しみにしているのはベレット団長だけでなく、兵士たち全員がウキウキしている。

飲んで食べて騒げるというのが一番の理由なんだろうけど……ある意味、今日という日は人魚族にとって大きな変革が訪れた記念すべき日でもある。

どちらかというと、そちらの方が喜びの比重は大きそうだ。

◇　◇　◇

人魚族の宴会は大盛り上がりだった。

これまで、他種族との関わりがほとんどない状態だったため、俺たちはとにかく質問攻めにあった。

レメットやアキノたちは楽しそうに会話していたが、こういう場面がもっとも苦手なリディアはあたふたしていた。

彼女の名誉のために言うなら、決して他者と接するのが嫌いというわけではない。むしろ交流が増えるのを嬉しいと思える性格なのだが……いかんせん、尋常じゃないくらい口下手なのだ。村づくりに協力してくれている職人たちとはようやく普通に会話ができるレベルとなったのだが、さすがに今回の宴会はそうもいかないらしい。

なので、ここは俺が助け舟を出すことにした。

リディアが人魚族たちからの質問に対し、何を言おうとしているのか——これまでの付き合いからそれがなんとなく理解できたので、それを本人に確認しながらしっかりフォローを入れていく。

その効果があったのか、少しずつではあるが自然と会話ができるようになっていった。

「もう心配はないようだな」

こちらのフォローが不要になったと判断し、その場を静かに離れる。それからはベレット団長と酒を酌《く》みかわすことに。

「さあさあ、グイッとやってください」

「ありがとうございます」

ベレット団長が注いでくれた酒は青と緑が混じり合ったような、地上ではお目にかかれないとても珍しい色をしていた。

肝心の味だが、こちらも地上では経験のない味わいだった。

いわゆる果実酒らしいが、これまた独特の爽やかな風味があり、後味もサッパリして非常に飲みやすい。

「人魚族の酒は初めて飲みましたけど、とてもおいしいですね」

「言われてみれば、地上に出回ることがないですからな。いつか、そっちの酒も飲んでみたいものです」

「なら、今度差し入れますよ」

「それはありがたい！」

ベレット団長はかなりの酒好きらしく、今回の件を通して人間である俺たちと交流を持てたから、長年の夢だった地上の酒を飲めるようになって心から喜んでいた。

あんなに喜ばれたら、すぐにでも酒を贈らないとな。

さらに俺たちの関心を引いたのが料理の数々。

ナレイクさんの実家がある村でも食事を振る舞ってもらったが、彼女曰く、あちらは人魚族にとって伝統的な家庭の味。ここに並ぶのはそれよりも高級で普段から食べる物ではないらしい。人間の世界にも似たような分け方があるので、なんだか親近感が湧いてくるな。

振る舞われている料理は魚介の他、海底で育てられた独自の野菜を使った料理がメインで味付けも独特ながらクセがなく、非常に食べやすいし味も良い。

「うまいですね、これ」

「それはよかった。地上の人たちの口に合うかどうか心配だったので嬉しいですよ」

村で食事をした際も感じたことではあるが、人魚族の料理は普通に俺たち人間の口にもバッチリ合う。獣人族であるソニルも手を休めずに食べ続けているし、他の種族の口にも合うみたいだ。

こうして海の底で開かれる宴会は、結局そのまま朝まで続くこととなった。

気がつくと、途中から国王陛下も宴会に参加しており、ディアーヌ姫をよくぞ救ってくれたと背中をバシバシと叩かれる。

さらに、国王陛下は今回の件で人間社会にも強い関心を持ったらしい。

「君が住んでいるというメルキス王国……いつか、その国と交流を持ちたいものだ」

「ぜひそうしたいものです」

この話は、俺からガウリー外交大臣へと伝えると約束を交わした。

過去に交流のなかった両種族のトップが顔を合わせて話をする——言葉で表現すればそれほど難しくはないのだろうが、いざ実行に移そうとすると数えきれないくらいの問題点が浮上するので、容易に実現はしないだろう。

——けど、やってみる価値はあると思った。

これからハバートにはたくさんの外国船が押し寄せる。

同時に、それは海難事故の増加を予感させた。

だが、ハバート近海に住む人魚族と友好関係を築けていれば、未然に防げるだろうし、仮に事故が起きてもすぐに対応が可能となるだろう。

事故に対する取り組みが実を結べば、諸外国がメルキス王国に抱く信頼感は増すはずだ。

……ただ、そうなると黙っていないのが今回の黒幕だろう。

振り返ってみれば、マージェリーさんの時もメルキス王国の信用を失墜させるために仕掛けられたものだった。今回も条約改正が決定した直後に起きたクーデターで、それを武器の提供という形で支持をしていた……やはり、黒幕は同一人物なのだろうか。

その辺も含めて、これから詳しい調査がなされるはず。

それから……地上へ戻ったら、いよいよ村づくりも佳境になる。

ハバートとのルートも開通するだろうし、どんな感じになるのか——今からとても楽しみだな。

◆　◆　◆

ウィルムたちが海底で宴を楽しんでいる頃、ドノル王国にあるバーネット商会では激震が走っていた。

反乱を企てている人魚族のヴィンスを言いくるめ、武器を無償提供し、実際にクーデターを起こさせて商船を襲わせるというのがラストンの目論見であったが、それはまたしてもウィルムによって阻まれた。

武器を提供した人魚族の反乱軍は全員が身柄を拘束され、深海の監獄へと連行。ハバートに潜り込んでいる手下の話では、武器を提供したのが何者であるのか、今後メルキス王国内で調査が進められるという。

細心の注意を払い、自分たちに調査の手が及ばないようにしてはいるが、いつどこで誰が裏切り、情報を流すか分からない。おまけに提供した武器の金額分がすべて赤字となる最悪のオチまでついてきた。

「クソがっ！」

執務室のイスを蹴り上げ、イライラを爆発させるラストン。

思い描いた作戦はことごとく裏目に出てしくじり、おまけにその背後にはクビにしたウィルムの姿がチラつく。それが彼の怒りをさらに高めた。

「気に食わねぇ……この俺の計画を次から次に邪魔をしやがって！」

今回の失態は赤字を出しただけでなく、自分たちバーネット商会に疑いの目を向けられるかもしれないという可能性も秘めている。

隣国であるとはいえ、バーネット商会の立場は非常に苦しいものとなっていた。

荒れ狂うラストンのもとへ、父親である商会の代表を務めるジェフ・バーネットがやってくる。

「騒がしいな、ラストン」

「お、親父……」

「今回の件もまたウィルムの邪魔が入ったようだな」

「そ、そうなんだよ！　やっぱりヤツを直接始末するしか――」

「それも良いと思っていたが、状況は変わった。今ヤツが消えれば、メルキスが黙ってはいまい。さまざまな有力者たちがウィルムの治める村へ集結しつつあるのだからな」

「た、確かに」

もはや今のウィルムへ迂闊に手を出すのはメルキスという一国そのものを相手にするのと同義であった。

「じゃ、じゃあ、親父はこのまま黙って見ているつもりかよ」

「次の計画ならばすでに練ってある」

「ほ、本当か⁉」

「うむ。まあ、見ておれ」

不敵な笑みを浮かべ、窓の外を眺めるジェフ。

バーネット商会の魔の手は再びウィルムたちへ伸びようとしていた。

第七章　人魚族からの贈り物と村の名前

大宴会から一夜が明け、俺たちは地上の村へ戻ることとなった。

その際、国王陛下から友好の証《あかし》としてある物を贈りたいと言われ、俺たちは再び王の間へと集まっていた。

「これから戻ろうという時に呼び止めてすまなかったな。実は、君たちにこれを渡したいと思ってね」

国王が目配せをすると、ベレット団長が何やら箱を持ってきた。両手で抱えられるサイズと重さをしたその箱を開けて中を見せてくれたが、そこにあったのは――何の変哲《へんてつ》もない小さな石だった。

「こ、これは？」

「暗い深海を明るく照らしてくれる導きの石だ」

照らすというからには、この石が発光するというのだろうか。地上にも、街灯なんかに利用される発光石という光る石は存在しているが……これはそれと少し違うようだ。

「石を持つ者が進むべき道を光で指し示すという言い伝えがある」

「進むべき道……」

なんだか、俺たちが暮らす村にピタリと当てはまるな。完成に向かって着実に進んではいるが、今の方向性で正しいのかどうか、迷いがないかと問われたら即答はしかねる。

「ありがとうございます。村の宝として丁重に扱わせていただきます」

国王陛下に礼を告げると、導きの石を抱えてクラーケンの待つ城の外へと出る。

すると、城門前には大勢の人が集まっていた。

どうやら、地上へ戻る俺たちを見送りに来てくれたらしい。

「ウィルムさん！　本当にありがとうございました！」

集まった人たちを代表するように、エリノアが力いっぱい叫びながら手を振る。それに応えるように、俺たちも揃って手を振り返した。

彼女が危険を顧みずに危機を伝えてくれたからこそ、今の平和があるのだ。本当なら俺たちよりも、エリノアの方が救世主と呼ぶに相応しいんだけどな。

そのことを彼女自身に宴会の席で話したのだが、「私なんてただ怯えていただけで何の力にもなっていませんよぉ！」と涙ながらに訴えられたんだよな。控えめというかなんというか……彼女らしいといえばらしいな。

多くのトラブルと新しい出会いをくれた人魚族の国に別れを告げると、クラーケンの背に乗ってハバートを目指す。別れは寂しいものだけど、しっかりと友好関係は築けたのだ。エリノアたちにだって会おうと思えばすぐに会える。

いつの日か、それがもっと当たり前にできるよう、これからも人魚族との交流は続けていきたいものだ。


ハバートへと戻ると、マーカム町長とともにアヴェルガ家の当主であり、レメットの父親でもあるフリード様も出迎えてくれた。

「お父様!?　どうしてここに!?」

「おまえたちのことが心配だからに決まっているだろう」

レメットは、前回の魔女絡みの案件では村で留守番をしていたが、今回は本人が熱望していたとはいえ危険な前線に赴いたからなぁ……マーカム町長以上に心配と不安で情緒が不安定だったことだろう。

フリード様の視線がこちらへと向けられると同時に、娘の安否を気にかけていた父親から領主の顔へと変わった。この辺の切り替えはさすがだな。

感心していると、急に右肩がズシッと重くなる。

何事かと視線を動かせば、そこにはいつもの相棒がとまっていた。

「ルディ！」

「キーッ！」

連絡係としての役割を終えたルディだ。

「今回はあちこちに飛ばして悪かったな」

「キキーッ！」

よくやってくれたと頭を撫でると、ルディは嬉しそうな声をあげる。今回は舞台が海中だったから、高速移動手段というとクラーケンやマンタだったからな。活躍の場が限定されてしまったのだが、それでも彼は与えられた役割をしっかりとこなしてくれた。本当に頼もしいヤツだ。

ルディを褒めていると、フリード様が声をかけてくる。

「人魚族の国での一件……本当にご苦労だった」

「いえ、みんながいてくれたからできたことですよ」

それは嘘偽りのない事実であった。

きっと、俺ひとりでは人魚族の国を救うことはできなかっただろう。俺の戦闘力など、アキノやリディア、ソニルに比べたら微々たるものだしね。彼女たちが戦闘面でのサポートをしてくれたのが大きかった。ミミューも魔法で貢献してくれたし、レメットは最後の最後で防衛団を解放するという大仕事をやってのけた。

……なんか、振り返ると俺って何もしていないな。

一応、神杖リスティックの力で水中での活動を可能にしたけど、それはミミューにもできたわけだし、城や王都の修繕以外では本当にダメダメだったな。

これは今回の反省——いや、猛省点だ。

以上の内容を包み隠さずにフリード様へと伝える。

「そうか……レメットが……」

途端に、またしても父親の顔がのぞき出る。

もちろん、全員が活躍していたと理解しているのだろうが、やはり娘であるレメットが危険な状況でありながらも仲間を救うために頑張ったという事実が父親として嬉しいのだ。

「ところで、その石は？」

フリード様の娘愛に感心していたら、マーカム町長が導きの石に関心を持っていた。俺は人魚族の国王陛下から言われた通りの内容を伝える。

「発光石の類《たぐい》が深海にもあったのだな」

「しかし、魔力は感じませんね」

「うむ。扱い方は地上にある発光石とは違うらしい」

何やらいろいろと分析を始めたフリード様とマーカム町長。俺としても、この導きの石とやらがどれほどの輝きを持っているのか調査をしたいところではあるが……今はともかく村へ戻りたいという気持ちが先行していた。

「申し訳ないですが、そろそろ……」

「っと、そうだったな」

「では、話の続きは後日改めて君たちの村でするとしよう」

「えっ？　今日はもうお帰りに？」

「長旅で疲れただろう。今日はゆっくりと体を休めてくれ。それに、君のことだから村の様子も気になっているのだろう？」

「うっ……」

図星《ずぼし》だった。

さすがは長い付き合いのあるアヴェルガ家当主様。こちらの考えはお見通しというわけらしい。

まあ、実際だいぶ疲れてはいるし、ちょっと二日酔いもあったりするので、今回はお言葉に甘えるとしようか。

「お心遣い感謝します、フリード様」

「気にする必要はないさ。ガウリー大臣へは私から使者を送って説明をしておく。あの方ならきっと分かってくれるはずだ」

ガウリー大臣も、性格からして許容してくれそうではある。

だからと言って甘えすぎるのもそれはそれでいけないと思うので、遅くとも三日後には報告へ向かいたいところだ。

……もしかしたら、フリード様は俺のそんな心情やコンディションを見抜いており、だからこそ休むことを勧めたのかもしれないな。


ハバートから村へと戻ってきた俺たちは、みんなからド派手なお迎えを受けた。

というのも、マーカム町長が使いを送り、人魚族の国で起きたクーデター事件を解決してきた経緯がすでに説明されていたのだ。

「おかえりなさいませ」

「大活躍だったそうじゃねぇか！」

村へ戻っていたアニエスさんたちメイドの面々や職人たちのまとめ役であるビアードさんなどなど、みんなが手を休めて次々とやってくる。

みんな、俺たちが人魚族の国へ偵察に行くことは知っていたが、クーデターを仕掛けた反乱軍と戦闘にまで発展していたと聞いて不安だったらしい。

事件は解決したとはいえ、誰も怪我せずに戻ってこられたかどうかまでは確認できなかったようだ。

「心配かけてゴメン。そして……ありがとう」

俺たちのみを案じてくれていた村の人たちに、俺は心から謝罪し、そして感謝の言葉を口にする。

それからは一度屋敷に戻って、本格的に休息モードへ移行。

レメットたち女性陣も長旅の疲れを癒すために一旦各々の部屋へと戻っていった。

俺もこのまま少し寝ようかと思ったのだが、その前に不在中どこまで村づくりが進展したのかチェックしておくことにした。

たぶん、気になって寝られないだろうからな。

とりあえず、村をグルッと一周してみよう。

外に出て、順に作業の進捗状況を確認していくと、村づくりは俺が想定していたよりずっと進んでいて驚いた。

王都から新しく協力を申し出てくれた職人たちもいるらしく、俺がいなかったため現在はベルガン村で待機しているという。そんな新しい協力者とは、明日にでも顔を合わせて話をしたいと思う。

村を歩いていると、農場の管理を任せているエドモンドと出くわす。

「おや？　今日はもうお休みになるのでは？」

「それが、ちょっと村の様子が気になって」

「仕事熱心なのは感心ですが、休める時に休んでおいた方がいいですよ？」

「ちょっと確認したらすぐに戻るさ」

話の流れのまま、俺はエドモンドに農場や牧場の現状について報告を受ける。まだ水車づくりの途中だったんだよな。

あれから、ビアードさんが中心となって水路の確保が行われ、今も作業が続けられているという。エドモンドの話ではボチボチ完成するとビアードさん本人が語っていたらしい。それならばこのまま様子を見に行こうと川の方へ進路を取った時だった。

「うん？」

ふと視界に入った場所。

そこは一部だけ少し広く空いたスペースがあって、特に作業が行われた形跡のない、手つかずの状態で放置されていた。

「ここは？」

「それが、中途半端に余ってしまって……家屋を建てるにしても少し狭いですし、店舗とするには村の中心から離れすぎていて……」

エドモンドは申し訳なさそうに説明をしてくれた。確かに、人が住むような建物は面積的に厳しいか。階数を増やして縦長の住居というのも可能かもしれないが、それだと住みにくそうだな。同じ理由で店舗としての活用も難しいだろう

「縦長で、住んだり商売をしたりする以外に用途のある建物……」

かなり限定された条件だが、だからといってのまま放置しておくのも勿体ない。何か有効な活用手段があればいいのだけれど。

「あっ」

その時、ふと脳裏に人魚族の国王陛下からいただいた導きの石の存在を思い出す。

太陽の光さえ届かない深海に眩い明かりを与える光る石――種族を超えた友情の証としてもらったこの石が、打開策へのキーアイテムとなるかもしれない。

早速、俺はエドモンドに思い浮かんだプランを説明していく。

「なるほど……それはいい案ですね。ここからですと、海に住む人魚族たちにも伝わるかもしれませんし、何よりこの狭い土地を有効活用できる！」

こちらの提案に対し、エドモンドは賛成してくれた。

職人たち協力しつつクラフトスキルも駆使すれば、三日くらいで完成が見込める……すぐにでも作業を始めたい。

——が、ここで思わぬ形でのストップがかかる。

「ウィルム様」

「うおっ!?」

気配なく背後に立っていたアニエスさんに声をかけられ、思わず飛び上がって驚く。

「な、何か御用でしょうか？」

「本日のウィルム様の業務はすでに終了しております。屋敷へお戻りください」

「い、いや、でも――」

「レメット様からも『ウィルムさんのことだからきっと村の状況確認に行くはず。もしそうなったら食い止めて』と頼まれていますので」

「ぐっ……」

まさか先読みされているとは……というか、アニエスさんの声マネうまいな。一瞬本当にレメットが喋っているのかと思ったよ。

「どうやら、水路の確認も明日に持ち越しのようですな」

「そうみたいだ」

残念ではあるけど、彼女やレメットの言うことにも一理あるし、エドモンドが最初に言っていた「休めるうちに休んだ方がいい」というのも事実。

ここは大人しく屋敷へ戻り、明日改めてビアードさんたちに話すとするか。

◇　◇　◇

次の日。

アニエスさんの気迫に押されて休んだのだが、おかげで次の日は実に爽快な気分で目覚めることができた。

そのことを彼女に伝えると、「当然です」とドヤ顔で言われた。

……まあ、言いだしっぺはレメットなので、彼女にもちゃんとお礼を言っておかないとな。

本来であればすぐにでもガウリー大臣のもとへ報告に行きたいところではあるが、思っていた以上に村の状態を放置していたので、今日一日は村の作業に従事しようと考えている。フリード様の気遣いで、作業に充てられる時間が増えたしな。

とりあえず、アニエスさんのドヤ顔絡みの件は置いておくとして、大事なのは例の空いたスペースの有効活用についてだ。

昨日、半ば強制的に屋敷へと戻ってきたのだが、それから寝るまでの間はずっとどうしようか考えていた。うまくいけばこの村だけでなく、ハバートにも好影響を与えられるかもしれない試み……年甲斐もなくワクワクしてしまい、朝食を済ませるとすぐに昨日の現場へと足を運んだ。

そこではすでにビアードさんや職人たちが待っていた。

「よぉ、ウィルム」

「おはようございます」

どうやらエドモンドから話を聞いていたらしく、この場の有効活用について話し合いをしていたらしい。

「しかし、なんとも予想外なアイディアを出してきたな」

「そうかな？」

「誰も考えつかなかったと思うぞ――ここに灯台を造ろうなんて」

そう。

俺が昨日エドモンドに話したこの場所の有効活用とは、ここに灯台を建てるというものであった。

太陽の光が届かない深海であってもまばゆく道を照らすと言われる導きの石ならば、その役割を十分に果たせると踏んだのだ。

これは今後数を増してくるだろう商船のためでもあった。

灯台の輝きは、きっと俺たちだけでなく外国から来る船にとってもこの地へと導いてくれるものとなるはずだ。

ビアードさんたちと灯台の建設について話をしていると、何事かとレメットたち女性陣とルディも集まってきた。どうやら、ルート開拓の作業へ向かう途中らしい。そちらの進捗状況も後で確認しないといけないな。

「何をしているんですか、ウィルムさん」

「楽しそうだね！　あたしも交ぜて！」

「お力になれることはありませんか？」

「わ、私も……手伝いますぅ」

「危険な作業は魔法でカバーします！」

「キーッ！」

ヤル気満々と言った様子だが、彼女たちには彼女たちの仕事に専念してもらう。ルディには彼女たちに同行し、何かあったらすぐにこちらへ伝えるよう指示を出しておく。これで心置きなく作業をやってもらえる。

――とはいえ、これから何をやるかくらいは説明しておいた方がよさそうだな。

「ここに灯台を設置しようと思っているんです」

「「「「灯台!?」」」」

最初は驚きの表情を浮かべていたレメットたちだが、導きの石の有効活用など建設目的を話したら次第に納得したように頷き始めていた。

それから各自の仕事へと移ってもらい、あとで様子を見に行くことも伝える。

「基礎の工程は俺たちに任せてくれ。灯台となると普通の建築とは少しやり方が変わってくるからな。あまり工期をかけられないとなったら、魔法使いの手も借りにゃならん」

「そうですね。ミミューもいますし、俺も多少は魔法が使えますから、まずはそれでやっていきましょう。あと、仕上げは俺のクラフトスキルを使います」

「おう。頼むぜ」

「はい。それじゃあ、早速取りかかりましょう」

「「「「おおう！」」」」

威勢のいい声とともに、俺たちはこの村のシンボルとなるであろう灯台づくりに挑む。

……そういえば、

「村の名前をまだ考えていなかったな」

「うん？　何か言ったか？」

「あっ、いや、なんでもないですよ」

クラフトスキルを駆使し、周辺から集めた素材を灯台づくりに必要な物へと変えている作業の途中で、ふとそんなことを思う。

そろそろ本格的に村として開放し、これから多くなるだろう商人たちの来訪に備えなければならない。それなのに名前すら決まっていないというのは問題だろう。

何か……この灯台にちなんだ名前がいいな。

この灯台の光——それは人魚族の国を治める国王陛下が友好の証にくれた導きの石。ぜひともこれに関わるワードを村の名前に入れたいな。

そんなことを考えつつも、作業の手を休めずに灯台づくりに励んでいく。

作業が進み、形になってきたら次は水路の確認だ。


農場や牧場ができる予定地を通り過ぎ、以前クラフトスキルで造った水車のある場所へ。そこには立派な小屋とその脇を農場方面へと真っ直ぐ伸びる水路が追加されていた。

「す、凄い！　あの短期間でここまで！」

「ノウハウはあったからな。それに、腕の良い職人が集まっているから作業はビックリするほど早かったぜ」

水車こそ、俺のクラフトスキルの効果で製作に時間はかからなかったが、小屋や水路はビアードさんをはじめとする職人たちの力と技術の結晶だ。

水車小屋の近くには、すでにアキノやエドモンド、さらに農場を担当する村人たちが先行していた。これから実際に水が農場へと行き届くか試運転をするそうだが、それに俺が立ち会えるよう待っていてくれたという。

「発案者であるウィルム村長がいなくちゃ始められないですよ」

エドモンドに背中を押される形で、俺は水車を動かした。

ゆっくりと回り始めると、当初の狙い通り、すくい上げられた川の水は水路を通って途切れることなく農場へと向かっていく。

「成功だ！」

「やりましたね、ウィルム殿！」

思わず叫び、アキノとハイタッチを交わす。

クラフトスキルで造った水車と職人たちの力で立派な灌漑施設が完成した。これでいよいよ本格的に農業や畜産に力を入れられる。

あとは一旦エドモンドに任せ、俺とアキノはハバートまでのルートを開拓しているレメットたちの様子をチェックするため移動を開始。

現場に到着してみると、ここも以前とはまるで違う景色をしていた。

「凄い！　もうほとんどちゃんとした道になっているじゃないか！」

踏み入れるのをためらうくらい生い茂っていた草木は綺麗サッパリなくなり、遠くに見える雄大な海原を眺められる絶景が視界に飛び込む最高の道が出来上がっていた。

「あっ、ウィルムさん」

「キーッ！」

到着して早々にレメットとルディが俺とアキノを発見して駆け寄る。さらにその声を聞いてリディア、ソニル、ミミューの三人もやってきた。

「みんなよくやってくれたよ！　こんなに素晴らしい道になるなんて！」

「もともと景色はよかったからね」

「私たちはただ草木を押しのけたくらいですぅ」

「全員で協力して作りました！」

泥だらけになっている四人と一羽の格好を見れば、どれだけ頑張ってくれたのかは手に取るように分かる。

「今日のところはこれくらいにして、屋敷に戻ろうか」

「はい！」

ひと仕事を終えた俺たちはワイワイと賑やかに屋敷へと戻っていった。

◇　◇　◇

人魚族の国から戻ってから一週間が経った。

その後の毎日はこれまでよりもずっと早く時間が経過しているような錯覚を覚えるほど多忙になるも、その分、充実した日々を送れている。

一番大変だったのはメルキス城でガウリー大臣とフリード様へ深海で起きた事件の顛末《てんまつ》を語った時だったな。

ふたりとも人魚族の存在は把握していたが、まさかハバート近海に国があったとは思ってもみなかったようで、まずそこに衝撃を受けたらしい。

それから、人魚族の国王がメルキスとの友好関係を強めたいと語っていた件について、ガウリー大臣はとても喜んでいた。彼が大臣に就くまで、メルキスはどちらかというと閉鎖的な国だったからな。

そうした狭い関係性を打破しようと大臣となり、まず真っ先に自分の命も省みずドス黒い裏の関係を断ち切ったのだ。彼を敵視する者はまだ国内に潜んでいるのだろうが、それはアヴェルガ家や騎士団が絶対に許さないだろう。

ちなみに、その人魚族たちはよくハバートへ顔を見せるようになった。

特にエリノアはクラーケンとともによく顔を出しているらしく、先日も海でおぼれていた小さな男の子を助けて感謝されていた。

彼女たち人魚族がいる限り、ハバートで海絡みのトラブルはなくなりそうだな。

さらに、ガウリー大臣から条約改正に伴う外国船の新たな受け入れについて、具体的な日程が示された。

それによれば、今から一ヶ月後には受け入れ解禁になるという。

つまり、村の完成の最終予定日もまた一ヶ月後というわけだ。

クラフトスキルと職人たちの頑張りで村は形になりつつある……まさにここからがラストスパートだな。

加えて、村での灯台づくりも着々と進んでいた。

念のため、ガウリー大臣やフリード様にも許可をいただき、心配ごとがなくなって作業スピードが大幅にアップ。俺としてはこいつを村のシンボルにしたいと思っているので、スキルを扱う際も自然と他より力が入った。

農場の方では種まきがスタート。

今後は雨が多く、日差しも強くなるらしいので栽培にはうってつけだという。ただ、海が近いということで嵐の影響を強く受ける可能性があるとフリード様から忠告を受けた。

できれば一部ではビニールハウスのような、屋内での栽培が可能となる施設も造っていきたい。

一方、牧場は厩舎が完成し、今はエドモンドが古い伝手から家畜を仕入れようと交渉中。曰く、胸に温めていたプランとやらがあるようで、今のところは一任している。まあ、腕の良い商人だったから、心配はいらないだろう。


そんな忙しい毎日が過ぎていき——新しい外国船の受入日を一週間後に控えた今日、とうとう灯台は完成の日を迎えた。

導きの石の効果がもっとも確認しやすい夜になると、村人が全員灯台前へと集合。

この日のために屋敷で大切に保管していた導きの石を持ってくると、それを集まった村人たちの前に出す。

「灯台の明かりを確認するにはもってこいの時間だな。——よし。みんなで導きの石をてっぺんまで持っていこうか」

「「「「おおおお!」」」」

屈強な職人たちだけでなく、レメットやアキノたちも加わり、結局その場に集まった者たちで灯台を登っていくことに。

そこから初めて見る景色は——

「わあぁ……！」

夜空に浮かぶ星々と見間違えるくらいキラキラと光る瞳で眺めるレメット。

彼女のリアクションがすべてを示しているが……めちゃくちゃ綺麗で幻想的な雰囲気をまとっていた。

星が瞬く空に真っ白な月。

その月から降り注ぐ光が海面に反射している。

近くにあるハバートでは家屋の明かりがチラホラ見られ、まるで地上に舞い降りた星のきらめきって感じだ。

レメットだけでなく、女性陣——いや、こういった空気が苦手そうな職人たちでさえ圧倒されるほどの景観。これは想像以上に良い効果が出たようだな。

さて、今回は景色を楽しみに来ただけではない。

灯台づくりのラストを飾るため、用意した台座の上に導きの石を載せる。この石が力を発揮するためには魔力が必要らしく、それができるのは人魚族でもごく一部の限られた者だけらしい。

ただ、魔力を扱うスペシャリストと言っていい魔法使いと呼ばれる存在が一般的な人間の世界ではそれほど難しいことではなかった。

というわけで、導きの石に光を灯す役を村長である俺が代表して行う。

緊張しながら魔力を注ぐと、変化はすぐに表れた。

「うわっ!?」

まばゆい閃光で、俺たちは一瞬視界をふさがれる。

しかし、すぐに光は小さくなっていき、少しずつだが目を開けられるようになった。

「す、凄い光だったな」

「でも、今はなんだか大人しくなっているよ？」

ソニルの言うように、さっきの閃光が嘘のように今は控えめな輝きになっている——が、これも魔力を注ぐことでまたあの光が戻ってくるだろう。

「光、か……」

なんとなく、その言葉が頭の中に強く残っている。

人魚族との友好の光。

この国の未来を照らす光。

あらゆる面でピッタリのワードじゃないか。

「……うん。決めた」

「何を決めたのですか？」

「この村の名前だよ」

尋ねてきたアキノにそう返す。

ずっと決めかねていたこの村の名前。

多くの人が訪れると予想される一週間前になってもなかなか決まらず、悩み続けていたのだが……それが今、この灯台と導きの石を見ていてふと思いついたのだ。

その名前とは――

「ヒカリ村というのはどうだろう？」

「なるほど……いいじゃねぇか！」

真っ先に賛成してくれたのはビアードさんだった。

それから女性陣や職人たちからも賛成の声が続き――俺たちが住むこの村の名前は正式にヒカリ村と決定した。

「そうと決まったら、看板を作らねぇとな！」

「明日の朝一でやりましょう！」

「おうよ！」

ビアードさんたち職人勢はすでに次の動きを見せている。このフットワークの軽さは見習いたいところだな。

「そちらは任せるとして……俺たちは灯台完成の報告をガウリー大臣やフリード様へ報告しに行くとするか」

「「「「賛成！」」」」

こちらはこちらで意見が一致したな。

当面の不安は解消されたことだし……いよいよ本格的に村が動きだすぞ。

◇　◇　◇

灯台完成から一週間後。

俺たちの住む村は、《ヒカリ村》という名前に決定したことをガウリー大臣や領主であるフリード様にも報告を終え、正式にこの名が地図に登録される運びとなった。

村づくりも佳境に入ったこの段階での嬉しい報告に、全員のモチベーションは爆上がり。

さらに喜ばしいことに、人魚族との一件や条約改正が順調に進んでいるのを聞きつけて村での生活を希望する者が続出。

噂を耳にして集まった者たちだけでなく、フリード様が各所に連絡し、新しい交易路の中継地点となるこのヒカリ村に優秀な商人や職人たちを集めたようだ。中にはエリさんやデニスさんと同じ

くバーネット商会時代の常連客の姿も何人かいる。それぞれ業界では名を馳せている大物である。

「やあ、ウィルム。久しぶりだな」

「君とまた一緒に仕事ができるとは光栄だ」

「何か困ったことがあったらなんでも言ってちょうだい」

「ありがとうございます」

次から次へと村へやってくる大物たちに握手と挨拶で応じていく。

それにしても、本当にビッグネームが集まったな。さすがにこれだけの大物ばかりが集まると衝突しそうなものだが……そうなる空気は微塵も感じなかった。今ヒカリ村に集結しているのは、バーネット商会のような名ばかりの半端者ではない。実績と信頼を積み重ねてきた、本物のプロ集団だ。

ここでマウントを取り合い、つまらない小競り合いを起こすよりも互いに協力をしてこの村を大きくしていくことの方がずっと有益だし、国家のためにもなる。そう判断しているのだろう。

……まあ、それがなくてもみんないい人たちだし、案外そういった計算を度外視して気ままにやっているって線もなくはないかな。

ただ、この村の将来性に期待を寄せてくれているのは伝わった。

ガウリー大臣が命を懸けて条約を改正したため、今後はハバートにもたくさんの外国船が停泊する。

そこからやってくる商人たちの多くはメルキス王都を目指すだろう。

このヒカリ村はそのハバートと王都のちょうど中間にある村――つまり、王都へ向かう前にひと休みするにはちょうどいい距離にある村なのだ。

そんなわけで、この村には商人たちが泊まれる宿屋や食堂といった店が多い。

あと、近くにあるベルガン村をはじめとした町村からの来訪も増やすべく、この村でも市場を開く予定だ。

王都での商売がメインなのだろうが、ここでも外国の商品が欲しいという客はいるだろう。

きっと、ここでの市場もかなりの賑わいになるはずだ。

村人としてここへ来た者たちも、商売をやろうと市場の場所取りを開始していた。この辺りの段取りも、元商会に所属していた経験を生かして俺が取り仕切る。

そして今日――いよいよハバートに多くの外国船がやってくる日を迎えた。
すでにガウリー大臣から「かなりの数の船が寄港する予定だ」という連絡は受けている。難航していた交渉であったが、諸々の事情が改善されたこと、さらにこのヒカリ村を中心に多くの優秀な人材が集まっているのが逆転の決め手となったようだ。

ガウリー大臣やフリード様は、交渉の流れが変わった要因として俺の存在をあげてくれた。

正直、実感はない。

バーネット商会をクビになった俺を受け入れてくれ、村づくりを任せてくれた大臣や領主様への恩返しって意味合いが強く、自分の名をあげて成り上がってやろうという野望めいた気持ちは微塵もなかった。

だが、結果として王国は良い方向へ進んでいる。

そこに俺の力が関係しているのは明白であると言ってくれて、ついには国王から勲章が授与されるまでになった。

「勲章、か……」

朝日が差し込む窓辺に立ち、そこからのぞく広大な海洋を眺めながらこぼす。

商人や工芸職人《クラフトマン》って仕事がこんなに取りざたされるケースって滅多にないからな。そもそも勲章もらえるレベルって俺自身、過去に聞いた記憶がない。

ふと気づくと、海にはたくさんの船の姿があった。どうやら、あれらすべてがハバートを目指しているようだ。

「しばらくはさらに忙しくなりそうだな」

苦笑いを浮かべると同時に、誰かが部屋のドアをノックする。

「ウィルム殿。起きていますか？」

寝起きで浸っていたら、アキノが起こしにやってきた。

心なしか、慌てているようにも映る。

「どうかしたのか？」

「そ、それが、すでにたくさんの船がハバートに集まっているようです！」

「もう到着しているのか⁉」

俺の部屋の窓からは角度的に港の様子がうかがえないので知り得なかったが……それにしたって随分と早いな。てっきり今日の昼過ぎぐらいと思っていたのだが……どうやら、気合が入っていたのは俺たちだけではなかったようだな。

大急ぎで身支度を整え、一階へと移動。

いつもなら朝食がテーブルに並んでいるのだが、この日はそれがない。まさかメイドさんたちが全員寝坊したとも考えられないが——と、アニエスさんが俺のそばまでやってきて「どうぞ」と小さな箱を差しだす。

「こ、これは？」

「朝食のサンドウィッチです」

「なんで箱に？」

「皆さんと一緒に灯台で食べられてはと思いまして」

「灯台——あっ」

……恐るべき読みだな。

アニエスさんの言うように、俺はハバートの様子をチェックするために灯台へ向かおうとしていた。それを終えてから朝食をとろうと思っていたのだが……というか、みなさんということは——

「ひょっとして、レメットたちはもう？」

「灯台へ向かわれました」

「ははは、さすがだな」

どうやら、アキノは俺が起きる頃合いを見計らって戻ってきたらしい。

後れを取った俺は、アニエスさんから弁当のサンドウィッチが入った箱をもらうと、アキノとともに灯台へと向かう。

さらに、屋敷を出るとルディもやってきた。

「おはよう、ルディ」

「キーッ！」

どうも、「寝坊するなよ」って怒っているっぽいな。

忙しくて深夜まで仕事をしていたとはいえ、寝坊はダメだ。反省しないとな。

灯台を登っていくと、すでにレメットたちがまたしても瞳を輝かせながら海の方をジッと見つめていた。俺もつられてそこからハバートの様子を見てみると、報告にあった通り、かなり多くの外国船が寄港している。

混乱を避けるために、最初は招待状を送った国のみという話だったが、あの数を見るとすでに半数以上が到着しているようだ。

「この村に人が来るのも時間の問題だな」

そう判断した俺は、すぐに村人たちへそう伝え、各々が村へ来る者たちへの対応準備を始めた。

――それから約数時間後。

最初の来客がハバートからやってくる。

その数はおよそ三十。

大荷物を抱えた商人たちは、俺たちの暮らすヒカリ村を目指していた。

その先頭が村へと差しかかると、

「おお！　ここがハバートの町長が言っていたヒカリ村か！」

「村というが……立派な市場があるじゃないか」

「宿屋に食堂まであるとは」

「おまけに、ここの関係者は各業界の有名人ばかりという」

「なんでも村長が相当なヤリ手らしいぞ」

ヒカリ村へやってきた商人たちは皆一様に驚いている様子。まあ、確かに……仮に俺が彼らのような立場でこの村に来たら、第一印象はやっぱり似たようなものになりそうだ。それくらい、この村に協力を申し出てくれた人は大物ばかりなのである。

その後も、ヒカリ村には大勢の商人が訪れた。

さらに、ハバートや近くにあるベルガン村の人たちも駆けつけ、ヒカリ村として迎える初めての日は大盛況となったのだった。

◇　◇　◇

その日の夜。

昼間の盛況ぶりは夜になっても変わらない。

灯台の光が海へと伸び、満天の星のもとでたくさんの人たちが笑顔に包まれていた。

あちこちにある屋台からは食欲をそそるおいしそうな匂いが漂ってくる。

「ねぇねぇ、レメット！　ミミュー！　次はあっちの屋台に行ってみようよ！」

「あっちはお肉みたいですよ！　行きましょう、レメットさん！」

「ま、まだ食べるんですか⁉」

屋台巡りをするソニルとミミューとレメット。

そのすぐ近くでは、アキノとリディアが武器専門の商人が営む店の前で何やら話し込んでいる。

「ほぉ……これは素晴らしい。私の雪峰にも劣らない逸品だ」

「さ、さすがアキノさん、お目が高いですぅ」

あのふたりは本当にいいコンビだな。

他のメンバーとも仲良くなり、最近では村の人たちとも会話する姿が見られるようになったリディアだが、やはり一番仲が良いのはアキノだ。

アキノはアキノで、持ち前の姐御肌というか、世話好き気質が働き、リディアを放っておけないといった感じ。そういう意味では、非常にバランスが取れていると言っていいのかもな。

あと、これは問題というわけではないのだが――

「ウィルム村長！　こっちで一緒に飲みませんか！」

「肉もいい感じに焼けていますよ！」

「あっ、はい。今行きます」

村長と呼ばれるのにまだ慣れていなかった。

これもそのうち慣れるのかな……いや、慣れていかなくちゃいけない。

村の運営が本格的に始まったのなら、村長である俺がしっかりしなければ。

気合も新たに、俺は客を招いての初めての夜を満喫していると、「ウィルム様、少しよろしいですか？」とアニエスさんが声をかけてきた。手には料理の盛られたお皿があったので楽しんではいるようだが、その表情はどことなく神妙に見える。

「何かありましたか？」

「ぜひとも村長であるウィルム様にお会いしたいという方がいまして」

「俺に？」

宴会中というわけで、今は誰でも構わず話をしているのだからそれに交ざればいいのではないかと思ったが、こういう場で話せない内容というなら別だ。

「どんな人たちでしたか？」

「冒険者と名乗っていました」

「冒険者？」

それはまた妙な話だ。

この村一帯にはダンジョンがない。

なので、冒険者が訪れるはず理由なんてないはずだが……ともかく、一度話を聞いてみるとするか。

「これはまた……新たなトラブルかもしれないな」

アニエスさんに案内されながら、俺は賑わう宴会場から少し離れた場所へと移動する。

さて、次はどんな案件が待ち構えているのやら。

引退賢者は
のんびり
開拓生活をおくりたい
1・2
鈴木竜一
Suzuki Ryuuichi
理不尽な要求ばかり!
こんな地位にはうんざりなので
賢者、引退します。

引退賢者は
のんびり
開拓生活をおくりたい
2
鈴木竜一
華やかさの裏で陰謀うごめく――
妖しい夜会、開催!?
コミカライズ企画進行中!

MUZOKUSEI MAHO TTE JIMI DESUKA?
無属性魔法って地味ですか？ 1〜4
「派手さがない」と見捨てられた少年は
最果ての領地で自由に暮らす
著 鈴木竜一
RYUUICHI SUZUKI
無属性魔法って
地味だけど規格外!!
最果てから始まる
大進撃ファンタジー、開幕！
歩道橋での不慮の事故で意識を失った社畜リーマンの俺。このまま死ぬのか——かと思いきや、気が付くと名門貴族の末っ子、ロイス・アインレットという少年に転生していた。だけど、俺の魔法の素質が「無属性」という地味なものだったせいで家族からの扱いは最悪。役立たずと言われ、政略結婚の道具にさせられてしまっていた。このまま利用されてたまるか！
そう思った俺は、父から最果ての領地をもらい受けて辺境領主として生き直すことに。そして地味だけど実は万能だった無属性魔法を駆使し、気ままな領地運営に挑む！　……可愛い羊や婚約者と一緒に。
◎各定価：1320円（10％税込）　◎illustration：いずみけい
1〜4巻好評発売中！

The Record by an Old Guy in the World of Virtual Reality Massively Multiplayer Online
とあるおっさんのVRMMO活動記
椎名ほわほわ
Shiina Howahowa
1～28
アルファポリス 第6回 ファンタジー小説大賞 読者賞受賞作!!
累計180万部突破の大人気作
(電子含む)
TVアニメ
2023年10月2日より放送開始!
TOKYO MX・BS11ほか
コミックス 1～11巻 好評発売中!
とあるおっさんのVRMMO活動記
椎名ほわほわ
現実じゃ冴えない会社員
でもVRMMOの中では
名うてのスキル職人!?
ネットで人気爆発!
冴えないおっさんの まったりVRMMOファンタジー!
第6回アルファポリスファンタジー小説大賞 読者賞受賞作、待望の書籍化!
超自由度を誇る新型VRMMO「ワンモア・フリーライフ・オンライン」の世界にログインした、フツーのゲーム好き会社員・田中大地《たなかだいち》。モンスター退治に全力で挑むもよし、気ままに冒険するもよしのその世界で彼が選んだのは、使えないと評判のスキルを究める地味プレイだった!
――冴えないおっさん、VRMMOファンタジーで今日も我が道を行く!
1～28巻 好評発売中!
各定価：1320円（10％税込） illustration：ヤマーダ
とあるおっさんのVRMMO活動記 1
料理生産から冒険までVRMMOで大活躍!!
大人気ファンタジー待望のコミカライズ!!
シリーズ累計18万部!!
漫　画：六堂秀哉　B6判
各定価：748円（10％税込）
アルファポリスHPにて大好評連載中!
アルファポリス 漫画
検索

この作品に対する皆様のご意見・ご感想をお待ちしております。

おハガキ・お手紙は以下の宛先にお送りください。

【宛先】

〒150-6008 東京都渋谷区恵比寿 4-20-3 恵比寿ｶﾞｰﾃﾞﾝﾌﾟﾚｲｽﾀﾜｰ 8F
（株）アルファポリス　書籍感想係

メールフォームでのご意見・ご感想は右のＱＲコードから、
あるいは以下のワードで検索をかけてください。

アルファポリス　書籍の感想　検索

ご感想はこちらから

本書は Web サイト「アルファポリス」（https://www.alphapolis.co.jp/）に投稿されたものを、改題、改稿、加筆のうえ、書籍化したものです。

工芸職人《クラフトマン》はセカンドライフを謳《おう》歌《か》する 2

鈴木 竜一（すずき りゅういち）

2023年　11月30日初版発行

編集－芦田尚
編集長－太田鉄平
発行者－梶本雄介
発行所－株式会社アルファポリス
〒150-6008 東京都渋谷区恵比寿4-20-3 恵比寿ｶﾞｰﾃﾞﾝﾌﾟﾚｲｽﾀﾜｰ8F
TEL 03-6277-1601（営業）　03-6277-1602（編集）
URL https://www.alphapolis.co.jp/
発売元－株式会社星雲社（共同出版社・流通責任出版社）
〒112-0005 東京都文京区水道1-3-30
TEL 03-3868-3275
装丁・本文イラスト－ゆーにっと
装丁デザイン－AFTERGLOW
印刷－中央精版印刷株式会社

ISBN978-4-434-32943-2 C0093